NIELS PETER
INSPEKTOR HERDENBEIN UND DER TYCOON VON KIEL

Gartenstraße 10, D-55469 Simmern, Telefon (06761) 7142
www.pandion-verlag.de

Druck/Weiterverarbeitung: DP-System Andernach
Printed in Germany

ISBN-10: 3-934524-77-X
ISBN-13: 978-3-934524-77-4

NIELS PETER

INSPEKTOR HERDENBEIN UND DER TYCOON VON KIEL

PV

PANDION

Inhaltsverzeichnis

1.
Rächer

Das Büro besaß eine zehn Meter lange Fensterfront mit Ausblick auf ‚Die Hörn' – den Appendix der Kieler Förde im Süden –, den Hauptbahnhof Kiels, die Innenstadt und natürlich auf den Hafen. Das Letztere musste sein, war bei ihm gewissermaßen Pflicht, als geborener Kieler sowieso. Das mächtige Büro, ja mehr schon Etage, maß in etwa zweihundert Quadratmeter. ‚Gerade groß genug für mich', begegnete er staunenden Geschäftspartnern oder auch verdutzten Einwänden. Wenn sie überhaupt geäußert wurden. Wer mochte denn ihm gegenüber Einwände geltend machen? Nein, da gab es niemanden! Ein kurzer Blick von ihm und jedes Gegenüber kroch in sich, sehnte sich ein Mauseloch herbei, verstummte, verfluchte die Unaufmerksamkeit, die nicht mehr rückgängig zu machen war und hoffte auf ein schnelles Vergessen derselben. Zumeist vergeblich, denn sein Gedächtnis, zumal in dieser Hinsicht, war elefantengleich. Ja, mit dem Tycoon legte man sich nicht an. Mit dem Tycoon von Kiel versuchte man im Einklang zu bleiben, auch wenn es einem schwer fiel. Zu viele hatten schon den Kürzeren gezogen und zu ihnen wollte man partout nicht gehören. Also – keine Einwände, keine Kritik, nicht einmal vorsichtige Distanzierung. Am Geeignetsten ihn geneigt zu machen waren Kratzfüße, ein bisschen Buckeln, am besten jedoch Schleimen. Erstaunlicherweise vermochte er Letzteres nicht wahrzunehmen. Ein überzogenes Ego? Oder genoss er es etwa? Vielleicht! Vielleicht aber auch nur ein Panzer, der vor Verletzlichkeit schützen sollte. Oh ja, es gab diese schwache Stelle, der er sich durchaus bewusst war und die er wie nichts anderes auf der Welt hasste. Er war verletzt worden, schwer verletzt. Er, der Tycoon von Kiel. Er, der gerne austeilte, aber desto weniger einstecken mochte. Er war verletzt worden. Sehr! Er hatte einstecken müssen. Viel! Doch damit war jetzt Schluss, Aus, Finito, ein für alle Mal!

„‚Die Rache ist mein, spricht der Herr'. So steht's wohl in der Bibel. Das gilt aber nicht für mich. Nee! Die Rache ist mein, basta! Ida Martha Minna Wöbse, was meine Oma war, die sagte immer ‚Rache ist Blutwurst'. Das gefällt mir schon besser, viel besser. Hast du das gehört,

Herdenbein? Rache ist Blutwurst! Und aus dir mach' ich Blutwurst. Herdenbein als Blutwurst. Ah ja, der Gedanke gefällt mir sehr gut. Die Knochen zerschmettert, das Fleisch zerfetzt und Blut, Blut, Blut. Das Ganze dann zusammengekehrt – wer auch immer dazu bereit sein wird – und ab in die Kiste. Für immer und ewig. Die Welt ohne Herdenbein. Ein wirklich schöner Gedanke. Andererseits, so bedeutend war er ja eigentlich auch nicht! Also, Kiel ohne Jens Herdenbein. Und wenn du meinst, du lausiger Kommissar, du nostalgischer Inspektor, ich hätte dich vergessen, nur weil du nicht mehr in Kiel arbeitest, weil du in Pension bist, weil du auf deinem Grundstück am Schluensee vor dich hinwurschtelst, dann haste dich getäuscht! Ich vergesse nicht und dich schon gar nicht, du aus dem Erdboden hervorgequollener Schleim, du Ausgeburt eines miesen Polizisten, du Papst der Pingeligkeit. Dich krieg ich und schon bald."

Er beendete abrupt sein lautes Selbstgespräch. Eine Angewohnheit, der er sich durchaus bewusst war. Er hörte sich gerne sprechen, stellte sich manchmal sogar einen fiktiven und aufmerksamen lauschenden Zuhörerkreis vor.

Er ging zum Schreibtisch, dem protzigen, und nahm sich aus dem prächtigen Humidor eine Zigarre heraus. Eine Montecristo No. A aus Kuba, das Stück zu 48,00 Euro. In seinem Haus hatte er die noch teureren Cigars, die er den Geschäftspartnern hier nicht anzubieten gedachte. Genau umgekehrt war die Sache mit dem Humidor in seinem Büro. Da sollten die Leute staunen. Maßanfertigung: 40-fach war der Klavierlack aufgetragen, super Klimasystem, immer 70 Prozent Luftfeuchtigkeit, selbstregulierend, innen Zedernholz, natürlich sowieso, und außen das Ganze in Mahagoni. Hatte ein paar Tausender gekostet. Der Humidor zu Hause war ‚von der Stange'. Sah ja niemand. Er ließ sich jetzt in den Ledersessel fallen, den protzigen, und bearbeitete die Zigarre so, wie es ihm sein Händler beigebracht hatte. Schließlich brannte das gute und teure Stück und er ließ blaugraue Rauchwölkchen in die Luft steigen. Er rauchte die Zigarre auf Lunge. Sein Händler hatte ihn davon in Kenntnis gesetzt, dass man ein derart gutes Stück anders rauchte. Doch er hatte ihm entgegnet, dass er bei fünfzig Euro doch nicht nur paffen würde. Nee, da wolle er schon den vollen Genuss haben. Er ließ den Blick durch sein weiträumiges Büro schweifen und seine Brust schwoll an vor Stolz.

‚In kürzester Zeit wieder oben', dachte er. ‚Du hast geglaubt, mich vernichtet zu haben. Nese biste! Ich bin oben und du wohnst in einem

Kämmerchen in Grebin und in dieser albernen Hütte am See', ein maliziöses Lächeln erschien auf seinem Gesicht und ließ seine etwas groben Züge ein beinahe schon diabolisches Aussehen annehmen.

„Wenn hier einer ein großer Macker ist", fuhr er laut werdend fort und erhob sich langsam, „dann ich. Du glaubst, dass du groß bist, aber das war einmal. Ich war groß und du hast mich klein gemacht. Und was ist jetzt, Herdenbein? Ich bin wieder groß. Und was bist du? Klein, nichts, ein Niemand. Und bald wirst du nicht einmal mehr ein Niemand sein. Du wirst überhaupt nicht mehr existieren. Bums, macht es, und du bist ausgelöscht. Blutiger Matsch wird von dir übrig bleiben, Herr Inspektor, Herr Kriminalhauptkommissar a. D. So wird es sein!"

Er war aufgestanden und zum Fenster gegangen, das die gesamte Längsseite des Büros einnahm. Achtlos streifte er die Asche der Zigarre ab und ließ sie auf den Boden fallen. Sein Blick schweifte über den Hafen bis zu den Fabrikhallen, zu seinen Fabrikhallen. Er nickte und kniff dabei die Augen zusammen.

‚Alles meins!', dachte er und betrachtete jetzt voller Stolz das Büro, seine Machtzentrale.

Versiegelter, heller Marmorfußboden, dunkle Wandtäfelung. Er lächelte, als er sich an den Gesichtsausdruck seines Innenarchitekten erinnerte. Dem war tatsächlich ein ästhetisches Grauen anzumerken gewesen. Na und? Wessen Geld wurde hier verbraten? Richtig, seins!

‚Das erwecke einen troglodytischen Eindruck', wagte der einzuwenden. Was? ‚Naja, troglodytisch beziehe sich auf Höhlen', wurde bleich erklärt. Hatte er einfach beiseite gewischt, diese Erklärung und zum Ausdruck gebracht, dass er Höhlen liebe, schon als Kind, also immer. Es blieb dementsprechend bei hellem Boden und dunklen Wänden. Dafür wurden ein paar dicke Teppiche – natürlich dunkle! – auf den Marmor gelegt und es durften ein paar edle Gemälde an die Wand gehängt werden. Sahen alle durch die Bank bescheuert aus, aber eben Kunst. Hier gab er zu, nichts davon zu verstehen und sich auf den Verstand seines Innenbanausen zu verlassen. Er lernte, dass Kunst nicht billig war. Gut so! Was teuer war, musste gut sein!

„Ich war nicht arm, als ich wieder aus dem Knast kam. Nee! Unsereiner kann Money jederzeit verschwinden lassen, das dann mir nichts dir nichts wieder auftaucht. Wie der Phoenix aus der Asche, hab' ich irgendwo mal gelesen. Also Geld war da, nur schlau musste man sein, wenn es wieder zum Vorschein kam. Nicht zu schnell. Wäre zu auffällig gewesen. Ich war schlau, fing langsam wieder an. Und nachdem dann erst mal die kleinen Investitionen zum Erfolg geführt hatten, ging's auch gleich wieder schnell weiter und höher. Dazu hat man ja seine Verbindungen. Zu bestimmten Kreisen. Da unten, Sie wissen schon, wen ich da meine! Und natürlich da oben. Hahaha! Ich kam schon immer gut mit den Parteien aus. Und vielen von denen, ich meine jetzt die Mitglieder, fehlte das, wovon ich immer viel hatte und habe: Geld. Und eine Hand wäscht die andere. Eine besonders gute Beziehung habe ich zu jener Partei, die so viel von Wirtschaft versteht und deren Wählern und Mitgliedern es besser geht. Ha! Vielleicht durch mich? Langer Rede kurzer Sinn, ein paar Jährchen, manchmal recht mühselig, und jetzt schaue ich von meinem großzügigen Büro in meinem Hochhaus über den Hafen in die Stadt. Meine Stadt? Nee, leider nicht. Kann ja aber noch kommen! Hahaha!

Parallel zu meinem Aufstieg habe ich meine Rache geplant. Blutwurst, Sie wissen schon! Schon im Bau kreisten meine Gedanken immer um Herdenbein. Von Jahr zu Jahr nahm mein Plan genauere Züge an. Hab' dann alles schon im Detail vor mir gesehen. Drei Jahre sind eine lange Zeit, da kann man alles ganz genau ausarbeiten. Im Kopf. Und dann draußen, Firma aufgebaut, über zweihundert Angestellte und Arbeiter, Haus gekauft, Verbindungen geknüpft und die Werkstatt eingerichtet. Bin Bastler. Habe Fingerspitzengefühl und das unerlässliche Know-how. Hat alles in allem noch einmal fünf Jahre gedauert mit dem wirtschaftlichen und gesellschaftlichen Anschluss. Und nun ist es soweit. Herdenbeins letztes Stündlein wird bald schlagen. Und das wird ein Schlag werden! Laut, ein Donnerschlag, im wahrsten Sinne des Wortes! Da kommt einem zugute, dass man einmal Maschinenschlosser war und alles von der Pike auf gelernt hat.

Vom Maschinenschlosser zum Tycoon des Maschinenbaus!

Drei Jahre Knast und fünf Jahre Wiederaufbau – schönes Wort! –, das sind acht Jahre verlorenes Leben, da darf man sich doch der Rache hingeben, oder?

Mir fehlen die Jahre! Und ich hab' noch mehr verloren. Meine Frau, die sich sofort, als ich einsaß, scheiden ließ. Da muss sie drauf gelauert haben. Wie vorher der Herdenbein, der hat auch gelauert und gelauert und dann zugepackt. Mich hat er gepackt! Wo war ich stehen geblieben? Die Frau! Ja, die Frau hat sich scheiden lassen und die Kinder mitgenommen. Und das Familiengericht hat entschieden, dass ich sie nicht mehr sehen darf, die Kinder. Nachdem ich wieder draußen war, hab' ich den Kindern aufgelauert, mich zu erkennen gegeben.

Und sie waren mir entfremdet. Das hat die Frau fertig gebracht, diese Schlampe, die jetzt mit einem Beamten verheiratet ist, dem ich nichts ans Hemd flicken kann. Und wer ist an allem Schuld, frage ich Sie? Die Frau? Die ist doch viel zu blöd! Nee, der Jens Herdenbein, jetzt pensionierter Kriminalhauptkommissar. Der Elende!"

Er war zum Schreibtisch zurückgekehrt und drückte voller Wut und Selbstmitleid den dicken Stummel der Zigarre im Glas-Aschenbecher aus. Er griff nach den Wagenschlüsseln auf dem Schreibtisch, drehte sich noch einmal um, betrachtete mit Freude, wenn auch mit zusammengekniffenen Lippen und Augen, die Schaltzentrale seiner Macht und verließ sie. Das Licht blieb brennen. Immer!

Im Fahrstuhl spielte er gedankenverloren mit den Fahrzeugschlüsseln, während er sein Spiegelbild im glänzenden Chrom der Türen betrachtete. Er nickte wohlgefällig und formulierte laut sein privates Glaubensbekenntnis:

„Ich sage immer, Geschäft ist Geschäft und wo gehobelt wird, da fallen auch Späne. Und da kann auch schon mal jemand draufgehen! Die ‚Beseitigung' eines Konkurrenten war durchaus folgerichtig gewesen. Der Mann war ein Schwein. Gut, ich bin auch eins. Aber ich hab' niemanden umgebracht! Es bleiben eben manchmal ein paar Kerle auf der Strecke. So ist das eben! So ist das Leben!

So, das war's!

Andererseits habe ich den Eindruck, dass wir uns irgendwie schon vertraut sind. Oder?

Sie teilen doch gewiss meine Vorstellungen oder können sie zumindest nachvollziehen?

Wissen Sie was, ja, ich will Ihnen noch einen weiteren Einblick in meine Gedankenwelt zuteil werden lassen. Natürlich, ich mache Sie zu meinem Mitwisser. Das ist wirklich gut! Ja! Und Sie kennen doch die Redewendung: Mitgefangen, mitgehangen! Hahaha!

Ja, ich werd' Ihnen noch mehr Informationen zukommen lassen, will Ihnen etwas wirklich Interessantes zeigen!"

In der Zwischenzeit hatte er die hell erleuchtete Tiefgarage erreicht und ließ den Blick verträumt über seinen Wagen schweifen.

*

„Ist das ein Wägelchen? Kennen Sie noch nicht? Das ist ein Phaeton! Jawohl, ein Phaeton! Zwölf Zylinder, 420 PS, fährt über 300 Kilometer schnell, ist aber heruntergeregelt auf 250 Stundenkilometer. Ist doch auch ganz gut, oder? Fahr ich natürlich nicht, wo auch? Trotz der acht Airbags! In fünf Sekunden auf 100! Da steckt Power drin! Naja, braucht 17 Liter Superplus auf 100 Kilometer. Schreckt mich aber nicht! Und der Lack: Perleffekt, Tarantella schwarz. Super, was?

Gucken Sie mal rein: Armaturenbrett Myrte, Holz mit Intarsien, Innenausstattung in Leder. Und natürlich noch viel toller Schnickschnack: Klimaanlage, Distanzregler, Abstandsradar, Autotelefon. Hier das Navigationsgerät. 330 Watt Autoradio, heißt aber irgendwie anders, mit zwölf Lautsprechern. Ist das toll? Wollen Sie mal fahren?"

Er lachte laut auf und schüttelte dabei seinen Kopf.

„Ja, das kann ich mir denken! Nein, da kommt mir keiner ans Steuer! Aber steigen Sie mal ein! Was der kostet? So mit allem Drum-und-Dran? Und mit dem Extra-Schnickschnack? 50.000 Euro? Der nicht! So wie er da steht, kurz über hundert. Richtig gehört! Natürlich bin ich stolz! Könnte mir 'nen Fahrer leisten. Aber bin ich blöd, bei dem Wagen? Hunderttausend ist natürlich ganz schön viel. Dafür hab' ich aber was getan. Geschuftet, viele Jahre! Legale und illegale Geschäfte getätigt und musste viel schmieren. Sie verstehen? Aber hat sich gelohnt, wie Sie ja selber sehen!

Eigentlich wollte ich mir ja einen Maybach gönnen. Davon hab' ich aber abgesehen. Wäre zu kompliziert geworden. Firma Mercedes! Und dann haste immer Tag und Nacht von der Firma einen Assistenten an der Backe, der für dich da sein will, ob du das willst oder nicht! Ich muss manchmal inkognito – oder wie das heißt – arbeiten. Sie verstehen, was ich meine? Da sind die von Volkswagen schon etwas zurückhaltender! Auch mit Superservice, aber mehr so, wie ich das will. Und ich, der ich mal ganz klein angefangen habe, vergesse nie, wo ich hergekommen bin: Aus dem Volk. Das ist auch ein Grund, warum ich Volkswagen fahre. Das war nur ein Scherz! Fahren wir los, ich will Ihnen jetzt, wie ich schon angedeutet habe, noch etwas ganz Besonderes zeigen."

Er fuhr souverän aus der Tiefgarage seines Bürohauses hinaus und lenkte seinen Phaeton bei der gerade hereinbrechenden Dunkelheit, ohne auf die immensen Pferdestärken dieses Autos zurückzugreifen, sicher durch die Straßen Kiels. Er fuhr über die Kaistraße, in Höhe des Hauptbahnhofs nahm er das Gas weg, legte den Parkgang ein und stieg aus.

Mit ausgestrecktem Arm wies er auf das Hochhaus jenseits des Hafens, an dem eine beleuchtete Fensterzeile deutlich zu erkennen war. Und mit Stolz in der Stimme sprach er nur ein Wort: „Meins!"

Die Fahrt wurde dann fortgesetzt: Zuerst Wall, dann Düsternbrooker Weg. Kurz vor dem Schleswig-Holsteiner Landtag bog er nach links ab. Nach wenigen Abzweigungen öffnete er per Funk ein zweiteiliges Gartentor und fuhr den Weg zu einer Doppelgarage hinauf. Das Gartentor hatte sich wieder automatisch geschlossen. Jetzt öffnete sich das breite Klapptor der Garage. Vorsichtig fuhr er sein Luxusgefährt hinein und stellte schließlich, neben dem dort schon geparkten Wagen, den leise schnurrenden Motor aus.

Er wies auf die Rostlaube, die neben seinem Wagen stand, und einem Betrachter den Gedanken aufnötigte, dass die hier wohl fehl am Platze sein könnte.

Der Tycoon jedoch lächelte überlegen.

„Die Schrottkarre habe ich meiner langjährigen Sekretärin abgekauft. Was heißt abgekauft? Getauscht haben wir! Ich hab' ihr 'nen Golf V geschenkt und dafür hab' ich ihren alten Dreier gekriegt. Ich bin ein großzügiger Mensch. Wer mir Gutes tut, dem soll's an nichts fehlen. Die Müller hat zu mir gehalten, auch als ich gesessen habe. Im Gegensatz zu meiner Frau! Die blöde Kuh, ich meine die Müllerin, hat immer ein Auge auf mich geworfen, vollkommen absurd. Die und ich, ich bitte Sie! Also, als ich gesessen habe, die Müller hat mich besucht und meine Frau? Tja, hat sich scheiden lassen. Hab' ich aber schon gesagt. Nun hab' ich ihren Wagen, den von der Müllerin, und sie hat einen neuen. Den alten Golf brauch ich, wenn ich dem Herdenbein ans Leder gehe. So'n oller VW ist genau das Richtige, dunkles, schon stumpfes Blau. Ein Allerweltswagen. Jeder fährt ihn. Und vor allem, er sieht so schön gebraucht aus! Hier 'ne Schramme, dort 'ne kleine Beule, so muss er sein, der Wagen, mit dem ich meinen Plan durchführen will! Da kann ich ja schließlich nicht mit dem Phaeton durch die Gegend fahren! Die Abmeldung des Wagens habe ich übernommen, hab' ich ihr gesagt. War natürlich eine Lüge. Aber nur so kommt man weiter!

Schauen Sie sich das Nummernschild an. Gute Arbeit, nicht? Aus einem ‚E' kann man sehr gut ein ‚B' machen und aus einer ‚3' eine ‚8', und so weiter. Ich hab' 'ne super Werkstatt, die zeige ich Ihnen auch noch. Ich kann eben meine Maschinenschlosserzeit nicht verleugnen!

Ein Rundgang durch die Wohnung fällt aus. Geht Sie ja nichts an.

Is 'ne schöne Wohnung, Hat wieder dieser Innenbanause eingerichtet. Muss ich meistens alleine genießen. Die Frau ist ja weg, die Kinder dürfen nicht kommen. Manchmal ist ein Geschäftspartner da, wenn er so'n Typ ist, mit dem man mal richtig durchsaufen kann. Mit den feineren Typen geh ich natürlich ins Restaurant. Oder soll ich die bekochen? Hahaha! Naja, manchmal sind auch ‚Damen' da, so für 'ne Nacht. Die kosten viel Geld und dafür erwarte ich natürlich auch was. Eigentlich bin ich einsam! Was red' ich da für'n Quatsch!"

Er hatte die rechte Innentür der Garage geöffnet und den dahinter liegenden Raum betreten. Nachdem er einen Schalter betätigt hatte, flammte überall Licht auf und ließ die drei ineinander übergehenden Räume taghell erleuchten.

„Hier der erste Bereich, Metallverarbeitung. Ich besitze Fräsen, Dreh- und Bohrmaschinen, selbstverständlich alle dazu gehörenden Werkzeuge. Dahinten stehen die Schweiß- und Lötgeräte, drei Arbeitstische beziehungsweise Werkbänke. Hier kann ich aus dem Vollen schöpfen, hier setze ich um, was ich gelernt und perfektioniert habe. Klasse, nicht? Gehen wir in den nächsten Raum. Holzverarbeitung: Im Prinzip alles noch einmal dasselbe. Aber hier fröne ich mehr meinen Hobbys. Und jetzt der letzte Raum: Klein aber fein! Elektronik, auch ein Hobby. Alles selbst beigebracht. Und das kommt mir jetzt natürlich zunutze. Alles aus einer Hand: Veränderte Nummernschilder, angepasste Fernbedienungen, modifizierte Zünder und natürlich das kleine aber sehr wirkungsvolle Paketchen mit dem ‚Bumm'! Was ich in den vier Metallschränken lagere? Klimbim. Eigentlich nichts, mehr Dekoration, ein Sesam-Öffne-Dich zu einer weiteren Örtlichkeit. Eigentlich ein Geheimnis, aber is ja egal. Dahinter lagere ich die Sachen, die nicht einfach so herumliegen können. Jetzt ist ihre Fantasie gefragt. Was benötige ich noch zusätzlich? Genau!"

Alle drei Räume waren nicht nur perfekt eingerichtet – hier war tatsächlich ein Fachmann am Werk gewesen – sondern gleichermaßen ordentlich und blitzsauber.

„Vielleicht noch der Vollständigkeit halber, ein Wort von mir zum Thema Bombenbau. Nun, Sprengstoff kann doch jedes Kind herstellen. Die Anleitung dazu kann man sich im Internet besorgen und die ‚Zutaten' gibt's in der Apotheke, in jedem landwirtschaftlichen Betrieb und bei meiner Konäckschen sowieso. Die Instruktionen für den Sprengkörper holt man sich wiederum aus dem Internet und der Sprengmechanismus ist dann nur noch ein Kinderspiel. Ich sage nur Spielzeuggeschäft: Fern zu bedienende Autos, Flugzeuge, Boote, was Sie wollen!

So, jetzt wissen Sie, wer ich bin und was Sie erwartet. Nein, viel besser! Was Herdenbein erwartet. Und ich sage Ihnen noch eins: Ich bin voller Ungeduld. Meine intensive Vorbereitungszeit ist abgeschlossen, die monatelangen Beobachtungen sind jetzt beendet.

Bis denn!“

2.
Attentat

1. Tag, Donnerstag, 30. Juni 2005

Nachdem wir nun mehr als erträglich den langatmigen Broddeleien und den hässlichen Auslassungen des uns namentlich noch unbekannten Schurken und zukünftigen Attentäters gelauscht haben, wenden wir uns zuerst einmal mit Grauen ab und dann dem potenziell Gefährdeten zu!

Da saß nun das wahrscheinliche Opfer auf seinem Grundstück am Schluensee.

In Wirklichkeit gehörte dieses der rechtskräftig verurteilten Mörderin Nadja Schlemm, die sich allerdings in der Zwischenzeit wieder auf freien Füßen bewegte und sich in Braunschweig eine lukrative Existenz als Besitzerin einer edlen Boutique aufgebaut hatte.

Schreckte dieser Herdenbein denn vor nichts zurück? Dass er sich sogar erdreistete, von dieser ‚Dame' ein Grundstück zu pachten?

Also, wie schon gesagt, da saß das potenzielle Opfer auf seinem Grundstück am Schluensee, im – bei dieser entsetzlichen Hitze! – hübsch rot angestrichenen Haus am Tisch im Wohnzimmer an seinem Laptop und versuchte sich an einem neuen Buch. Einem Kochbuch! Ja, man liest richtig! Kriminalhauptkommissar a. D. Jens Herdenbein erprobte sich an einem Buch mit anderem Sujet. Keinem Krimi, wie man ja annehmen könnte. Nein, da die Wirklichkeit kriminalistischen Daseins uninteressant für den Leser sei, so glaubte er seit Neuestem, schrieb er jetzt an einem Kochbuch. Als Gourmet und als kochbegeisterter Genießer. Kriminalistische Realität waren für ihn Aktenstudium, langweiliger Schriftkram und Ärger mit den Vorgesetzten. Ein neues Rezept jedoch öffnete andere Welten, zog ihn, den leidenschaftlichen Hedonisten, in Bann und sollte auch seine Leser in andere Sphären entführen.

Nun ja! Da darf man ja wirklich gespannt sein, was er da ausbrütete!

Wenn man ihn so anschaute, wie er gebeugt über dem Computer saß und mit zwei oder drei Fingern auf die Tastatur hämmerte, mochte man nicht glauben, dass er der gefürchtetste Mörderjäger von Schleswig-Holstein gewesen sein soll.

Man sah eine Beinahe-Glatze, einen etwas vorquellenden Bauch, die Platt-, Senk- und Spreizfüße tänzelten über die Kokosmatte. Neben dem Laptop standen Schälchen mit Hasel- und Walnüssen und ein großes, bauchiges Glas mit Rotwein – am Vormittag, Herr Inspektor! – und ein schier überquellender Aschenbecher. Nur die geöffnete Eingangstür ließ die Luft im Inneren des Hauses noch eben atembar sein.

Der prägnante Oberlippen- und Kinnbart, grau bis weißmeliert, verliehen ihm eine gewisse Intellektualität und dennoch, der Gesamteindruck ließ mehr Unscheinbarkeit wahr werden:

Mehr Bürohengst als Spürhund!

Mehr gesetzter Bürger als Aktivist!

Mehr schwäbische Behäbigkeit als quirliger Kriminalist!

Der a. D. sprang immer wieder zwischen Laptop und Küche hin und her: Kochen, schreiben, ausprobieren, probieren und zu ‚Papier bringen'.

Armer Herdenbein, du weißt nicht, was dich erwartet!

Armer Herdenbein, deine letzten Stunden sind bereits angebrochen!

Der Rächer lauert, wie du einst gelauert hast!

Der Kriminelle lauert auf den Kriminalen!

Und der Frevlerische will Triumphe feiern!

Armer Herdenbein!

*

Und jetzt noch das! Das kulinarische Experiment war gescheitert. Die Speisen wurden auf dem Komposthaufen entsorgt, das Rezept gelöscht und der Computer ausgeschaltet.

Er war wütend, wütend auf sich. Was hatte er falsch gemacht? Er verließ die vollgequalmte Bude und begab sich auf die Terrasse. Ließ den Blick über den Schluensee schweifen. Blaugrün die Farbe des Wassers und so klar. Mehr als anderthalb Quadratkilometer groß und über fünfundvierzig Meter tief. Das Wasser sollte belebende Wirkung haben. Hatte er, Herdenbein, noch nicht bemerkt, aber klar und erfrischend war es. Rundherum Natur pur. Wasservögel, Kraniche und Eisvogel konnten beobachtet werden und dann dieses ganze Fischzeug. Manchmal litt er darunter, nie einen Bezug zum Angeln gefunden zu haben, er, der Fischfreund. Hier hätte er Barsche, Rotaugen, Rotfedern, Hechte, Brassen und sogar Maränen fangen können. Hätte!

Es hätte auch so schön mit Margit sein können, der Wirtin vom Krug in Grebin. Das war seine große Liebe gewesen. Vor zehn Jahren, und jetzt? Dahin! Die Liebe. Sie mochten sich, besuchten einander, sprachen miteinander, besprachen sich auch. Ja, es war in den vielen Jahren etwas gewachsen, das nicht mehr auszulöschen war. Da war eine Herzensnähe vorhanden, eine gefestigte Freundschaft. Aber Liebe? Dahin! Sein Blick trübte sich und Melancholie machte sich breit. Dann schüttelte sich Herdenbein wie ein nasser Hund. ‚Das kommt davon', dachte er, ‚misslingt nur eine Sache, dann zieht's mich gleich ganz hinunter. Schluss damit!'

Er kehrte wieder ins Haus zurück und führte eine intensive Lüftung durch.

‚Ich fahre nach Kiel, muss sowieso noch tanken. Dort ist es billiger, und esse in der Bezirkskriminaldirektion', sinnierte Herdenbein und sein Gesichtsausdruck nahm tiefe Trauer an, als er sich der dortigen Küche vergegenwärtigte.

„Heute ist nichts mit Goutieren! Mehr Masse als Klasse!", brummelte er.

Kriminalhauptkommissar a. D. Jens Herdenbein, der sich gerne als Inspektor bezeichnete und sich auch vielfach so nennen ließ, war sechsundsechzig Jahre alt. Vor beinahe zwei Jahren hatte er sich vorzeitig pensionieren lassen, da ihm eine Schussverletzung im Oberschenkel des Öfteren Schwierigkeiten bereitete. Wichtiger für seinen Entschluss jedoch, der Polizeiarbeit Lebewohl zu sagen, war das in letzter Zeit immer mächtiger werdende Gefühl, in einer Tretmühle zu stecken, zu wenig bewirken zu können. Das war ein sehr subjektives Empfinden, denn seine persönliche Erfolgsquote hinsichtlich der Aufklärung und Bekämpfung von Kapitalverbrechen war eigentlich beachtlich, andere sprachen sogar von beeindruckend.

Es gab drei Hobbys, denen der Inspektor mit gestaffeltem Interesse nachging. Da war zum einen seine umfangreiche Mineraliensammlung. Die Klassifizierung von Mineralien betrieb er mit der gleichen Intensität wie die Aufklärungsarbeit bei einem Verbrechen. Im Falle des Erfolges lehnte er sich entspannt zurück und feierte diesen mit einer guten Flasche Bordeaux. Sein zweites Hobby bestand im Sammeln von Fliegen, gemeint sind hier nicht etwa die Insekten, sondern die stofflichen. Wurde er bei einem Herrenausstatter eines solchen

Exemplars ansichtig, konnte er der Versuchung, dieses zu kaufen, nicht widerstehen. Und er trug diese Fliegen auch. Zu jeder Jahreszeit, bei allen Gelegenheiten. Den Spott quittierte Jens Herdenbein mit Nachsicht, den Spitznamen Fliegenbein – sein aus Berlin stammender Vorgesetzter machte daraus Fliejenbein – akzeptierte er lächelnd. Seine größte Leidenschaft jedoch war das Essen, das Kochen, das Experimentieren. Er genoss mit Begeisterung interessant zubereitete Speisen, kreierte selbst raffinierte Gerichte und kochte leidenschaftlich gerne für sich und andere.

So begeistert der Kriminalhauptkommissar seinen Hobbys frönte, umso mehr litt er unter der Entfremdung, die in der letzten Zeit zwischen ihm und seiner Liebe Margit Steinwede, der Wirtin der ‚Linde', stattgefunden hatte. Er hatte sie bei einem Einsatz 1995 kennen und lieben gelernt und war ein Jahr später von Kiel zu ihr nach Grebin gezogen. Die aufreibende Arbeit ihrerseits im Dorfkrug und seine oft schwankenden Arbeitszeiten hatten ihr Zusammenleben im Laufe der Jahre verkompliziert. Missverständnisse und Streitigkeiten waren die Folge gewesen. In den letzten Monaten hatte Jens Herdenbein daher mehr und mehr Zeit auf dem Grundstück am Schluensee verbracht. Beide hatten gehofft – ein in der Regel fataler Trugschluss! –, durch die räumliche Trennung das Zusammengehörigkeitsgefühl, ihre Liebe, zu stärken.

Wenn er eins nach seiner Pensionierung beibehalten hatte, war es die Kleiderordnung. Trotz seines Zorns über das misslungene Experiment kleidete er sich jetzt sorgsam an. Ein letzter Blick in den großen Spiegel bei der Eingangstür ließ seine Miene aufhellen. So war es richtig, ja, perfekt! Graue Bügelfaltenhose, dunkelblaues Jackett, weißes Hemd und blaugetüpfelte Fliege. Herdenbein, Fliegenbein! Er lächelte und schloss das Haus sorgfältig ab. Trotz seiner sechsundsechzig Jahre und der ihn immer wieder behindernden Schussverletzung im Oberschenkel schritt er dennoch zügig den Weg zu seinem Wagen empor – das Gelände des Grundstückes war abschüssig –, schloss die Tür des Golf V auf und fuhr ihn dann rückwärts bis zur Weggabelung vor, um dann das Gelände im Vorwärtsgang zu verlassen. Vor dem schon etwas altersschwachen, zweiflügeligen Tor parkte er und verschloss es. Langsam fuhr er auf dem huckeligen Weg, vorbei an den abschüssigen und saftiggrünen Kuhwiesen, bis er zur B 430 gelangte.

Herdenbein, noch zwanzig Minuten!

Er überquerte umsichtig die Bundesstraße und fuhr über das kleine und idyllische Dörfchen Kossau nach Lebrade. Auch hier war er an der

Kreuzung zur L53 umsichtig, hielt am Stoppschild und wartete, bis er gefahrlos die Landstraße überqueren konnte.

Herdenbein, noch dreizehn Minuten!

Er genoss die Fahrt, fuhr langsam, ließ den Blick über die Felder links und rechts schweifen, erfreute sich des schönen Sommertages. Andere mochten über die Hitze stöhnen, für ihn war es nicht zu heiß an diesem Tag. Die Temperatur entsprach genau seinem Wohlempfinden. Die warme Luft strömte, bei mäßiger Fahrt, durch die heruntergelassene Scheibe der Fahrertür angenehm ins Wageninnere. Ein wolkenloser, strahlend blauer Himmel wölbte sich über Lepahn, als er das Dorf erreichte.

Herdenbein, noch sieben Minuten!

Er beachtete die Geschwindigkeitsbeschränkung, die hier nur dreißig Kilometer zuließ und hatte schließlich das Ortsende erreicht. Jetzt zügiger fahrend, erreichte er die 2004 freigegebene Umgehungsstraße von Preetz.

Armer Herdenbein, jetzt sind es nur noch drei Minuten oder 2900 Meter!

*

Johanna Fuchs war sauer, eigentlich stinksauer. Der Auftrag schmeckte ihr überhaupt nicht. Und dieses Nicht-Schmecken bezog sich auch auf die Thematik, über die sie berichten sollte. Frau Fuchs war freie Mitarbeiterin eines schleswig-holsteinischen Wochenblattes. Sie war am späten Morgen aus ihrem Wohnort Bad Malente nach Plön gefahren und hatte dort von ihrer Chefin, der Leitenden Redakteurin, erfahren, dass ihre Anwesenheit als redaktionelle Mitarbeiterin in Wakendorf, einem Stadtteil von Preetz, bei einem kleinem hausfraulichen Treffen dringend erforderlich sei. So gut, so schön, oder auch nicht. Bei dieser Zusammenkunft küchenkreativer Frauen ging es um die verschiedenen Variationen, ein Omelett mit Bärlauch zuzubereiten. Toll! Spannend! Voll im Trend! Der Bärlauch erobert die deutsche Küche! Weder mochte sie Omeletts noch Bärlauch, dieses altmodische Zeug, das, so schien es, wieder en vogue war. Ohne sie! Aber Auftrag war Auftrag und man musste ja nicht dahinter stehen. Vielleicht konnte sie auch einen kritischen Artikel schreiben? Nein, das erwarteten die Leser nicht. Das wusste sie nun genau und das war auch der eigentliche Grund ihrer säuerlichen Stimmung.

Da sie Zeit hatte, war sie von Plön aus nicht die verhasste B 76 gefahren, sondern hatte einen kleinen Umweg über die Dörfer gemacht: Kossau, Lebrade und Lepahn. Ihre schlechte Stimmung wurde durch einen trödeligen Golffahrer auch nicht gerade verbessert. Seit Lebrade fuhr sie hinter einem dunkelblauen Golf V her und konnte, auf Grund des häufigen Gegenverkehrs und der kurvenreichen, kleinen Landstraße, diesen Schleicher nicht überholen. Und sie war wohl nicht die Einzige, die gerne etwas schneller gefahren wäre, denn seit Lepahn hatte sie einen alten Golf an der Hacke. Jetzt hielt der Vorherfahrende auch noch lange an der Einmündung zur Umgehungsstraße von Preetz. Dann gab er vorsichtig Gas und fuhr gemütlich weiter. Auch hier sollte es vorerst nicht die Möglichkeit zum Überholen geben. Sie resignierte. Oder gab es doch noch eine Chance? In einem mehr als waghalsigen Manöver raste wenige Minuten später der hinter ihr fahrende Schrottgolf an ihrem Corsa vorbei, um dann auch noch den Vordermann zu überholen. Mannomann! Nee, bloß nicht!

Alles weitere geschah in Sekundenbruchteilen. Erst viel, viel später sollte ihr bewusst werden, welche Tragödie sich da vor ihren Augen abgespielt hatte.

Es gab einen Blitz, einen hellen Lichtschein, eine hoch auflodernde Stichflamme, die sich schließlich rot und schwarz verfärbte.

Sie assoziierte, obwohl das eigentlich unmöglich war, eine Art Mini-Vulkanausbruch.

Dann war ein Geräusch zu hören, das sie in dieser Art vorher noch nie wahrgenommen hatte, einen Knall, ein Wummern, ein tiefes Grollen.

Der vor ihr fahrende Wagen hob ab, flog in die Luft, überschlug sich dort und landete mit einem Krachen und Knirschen wieder auf der Straße, wo er unkontrolliert weiterschlitterte.

Instinktiv hatte Frau Fuchs auf die Bremse getreten und brachte ihren Wagen dann auch tatsächlich wenige Meter hinter dem zerfetzten und erstaunlicherweise nur leicht brennenden Wagen zum Stehen.

Auch jetzt handelte sie vollkommen intuitiv, ohne über ihre Handlungsweise nachzudenken. Sie stürzte aus ihrem Wagen, lief zum verunglückten Fahrzeug, das an der rechten Böschung liegen geblieben war, und zerrte eine männliche Person heraus. Frau Fuchs schleifte die reglose Gestalt einige Meter vom Gefahrenort fort.

Bis weitere ihr zu Hilfe Eilende angekommen waren, hatte sie mit ihrem Mobiltelefon bereits die Feuerwehr und die Polizei verständigt.

Erst jetzt sank sie ermattet neben der reglosen Gestalt zu Boden und begann haltlos zu schluchzen.

Jemand setzte sich neben sie und legte seinen Arm um ihre Schulter.

Alles um sie herum nahm sie jetzt wie durch einen Schleier wahr. Die Geräusche traten nur gedämpft an ihr Ohr, alles schien wie in Watte gepackt zu sein. Das Zeitgefühl war ausgeschaltet.

Die Polizei erschien. Die Feuerwehr erreichte den Unfallort. Sanitäter und Arzt kümmerten sich um den neben ihr Liegenden. Die Spurensicherung traf ein. Die Straße wurde abgesperrt, der Verkehr schließlich umgeleitet. Verschiedene Menschen sprachen mit ihr. Johanna Fuchs glaubte, sich in dickem, undurchdringlichem Nebel zu befinden. Sie reagierte apathisch und automatisch, konnte sich später an diese Erlebnisse jedoch nur noch peripher erinnern.

Langsam, sehr langsam fand sie dann wieder zu sich. Sah, wie sich ein Krankenwagen mit Blaulicht und Sirene entfernte.

„Ist er tot?“, fragte sie mit belegter Stimme.

„Nein, aber schwer verletzt“, wurde ihre Frage von einem Sanitäter beantwortet.

„Wird er überleben?“

„Das ist schwer zu sagen.“

„Können Sie uns ein paar Fragen beantworten?“, drang eine andere Stimme in ihr Bewusstsein.

Frau Fuchs schaute hoch und sah einen Mann, der sich freundlich und mitfühlend über sie beugte.

„Mein Name ist Sprenz, Kriminalhauptkommissar Sprenz von der Bezirkskriminaldirektion in Kiel“, stellte er sich vor und hockte sich neben sie, „sind Sie in der Lage, mir ein paar Fragen zu beantworten?“

Sie schüttelte den Kopf.

„Ich bin ganz benommen, ich fühl’ mich hundeelend, ich möchte nach Hause.“

„Dann nur ein Frage, Frau ...?“

„Fuchs.“

„Frau Fuchs, ist Ihnen vor der Explosion irgendetwas aufgefallen?“

Sie schüttelte langsam den Kopf.

„Nehmen Sie die Personalien auf“, wandte sich der Kommissar an den dabeistehenden Polizeibeamten.

„Frau Fuchs, wir werden Sie morgen oder übermorgen aufsuchen, wenn es ihnen wieder besser geht. Sollen wir Sie vielleicht nach Hause fahren?"

Mit der Hilfe des Polizisten erhob sie sich und schüttelte den Kopf.

„Ich werde schon gleich wieder klarer sein, danke. Ich denke, dass ich es allein schaffen werde."

„Gute Besserung", verabschiedete sich Jakob Sprenz.

Nachdem sie ihre Personalien angegeben hatte, begleitete sie der Polizeibeamte zu ihrem Wagen, fragte, ob sie nicht vielleicht doch nach Bad Malente gebracht werden wolle. Nach ihrer verneinenden Antwort half er ihr noch den Corsa zu wenden und bat sie eindringlich, noch fünfzehn Minuten mit der Heimfahrt zu warten. Frau Fuchs entsprach dem Wunsch des Beamten. Schließlich nickte sie und hob die Hand zum Abschiedsgruß. Als Letztes wünschte er dann ‚Alles Gute'.

Johanna Fuchs kam nach mehr als einer Stunde in Malente an. Sie wusste nicht wie und wo sie gefahren war, nur, dass sie sehr, sehr lange benötigt hatte, um diese Strecke zurückzulegen. Sie schloss die Wohnungstür auf, stolperte bis zum Schlafzimmer und fiel auf das Bett.

Ein Zittern stellte sich ein, schließlich bebte sie am ganzen Körper.

Einige Minuten später überkam sie eine totale Erschöpfung, die ihrer geschundenen Psyche ein wohlwollendes Mäntelchen des Vergessens überstülpte und sie gnädig einschlafen ließ. Traumlos und stundenlang.

*

Jochen Twiete und Maren Ketels, miteinander verlobt und seit etlichen Jahren Kommissare in Kiel, kehrten nach einem Aufbauseminar in die Bezirkskriminaldirektion zurück. Der direkte Weg führte sie in ihr Kabuff, das ein Dienstzimmer sein sollte, jedoch von drangvoller Enge war. Drei alte Schreibtische, umeinander gruppiert, dazu die entsprechenden musealen Stühle, ein altersschwacher breiter Schrank mit Rollläden, ein Kühlschrank, der ob seines fortgeschrittenen Alters ächzendes Stöhnen von sich gab und ein winziger, ehemaliger Gartentisch, der als Ablage für Kaffeemaschine, Kaffeedose, Filtertüten, Zucker und Ähnlichem benutzt wurde, füllten den kleinen Raum. Schon Herdenbein hatte dieser Enge wegen gestöhnt und stets und ständig um Abhilfe ersucht. Aber seit Jahren wurde dieses Anliegen abschlägig beschieden. Nun hatten die beiden, nach Herdenbeins vorzeitiger Pensionierung, dieses altertümliche Erbe übernommen.

„Ein verlorener Tag!". schimpfte Twiete.

„Das hätte eine Bemerkung von Herdenbein sein können“, kommentierte seine Verlobte.

„Is doch wahr“, ereiferte sich der Kommissar und setzte die Flasche Sprite an seine Lippen, „eine viertelstündige Belehrung vom Inspektor – gemeint war Kriminalhauptkommissar a. D. Herdenbein – hätte mehr gebracht, als dieser Tag mit den Bürohengsten, diesen Fachleuten am grünen Tisch.“

Er lümmelte sich in seinen Sessel vor dem PC und starrte wütend vor sich hin.

Seine Verlobte schaute ihn an und lächelte verständnisvoll. Er würde sich schnell wieder beruhigen, so wie sie ihn kannte, und richtig, Jochen schwieg. Allerdings, Recht hatte er.

Obwohl seit Jahren miteinander liiert, konnte man sich kaum ein gegensätzlicheres Pärchen vorstellen.

Jochen Twiete zählte dreiunddreißig Jahre. In seinem Verhalten oft noch ein Kind, war er, was sein Äußeres betraf, gewissermaßen der Letzte der Blumenkinder aus den 60ern. Breite, schlotternde Hosen umhüllten seine langen Beine, weitgeschnittene und farbenfrohe T-Shirts oder Hemden bedeckten seinen Oberkörper. Seine Riesenfüße steckten solamente in ausgetretenen Latschen. Dazu trug er einen Pferdeschwanz, den er gerne in Situationen, die ihn empörten, um seinen Kopf fliegen ließ. Er vernichtete jeden Tag mehrere Liter Brause.

Maren Ketels, einunddreißig Jahre alt, war ihrem Verlobten und Kollegen intellektuell überlegen. Sie vermied es jedoch geflissentlich und zumeist auch erfolgreich dieses deutlich werden zu lassen. Sie hatte eine ausgesprochen weibliche Figur, die sie durch ihre modische Kleidung noch unterstrich. Sie kleidete sich feminin, sprich, war Kleidern oder Kostümen nicht abgeneigt, aber schaute auch in Jeans und Bluse hinreißend aus. Jochen bewunderte den Stil seiner Maren, wäre jedoch niemals auf die Idee gekommen, ihr nachzueifern. Diesbezügliche Versuche ihrerseits waren dann auch in der Vergangenheit stets und ständig fehlgeschlagen.

Während seines kurzen Wutausbruches hatte Twiete nicht auf den Monitor geschaut und den dort angehefteten Zettel übersehen. Jetzt erblickte er ihn.

„Was soll denn das?“, er riss den Zettel herunter. „Nein!“

„Was steht drauf?“

„Unbedingt warten, Sprenz!!!!“

„Und was soll denn das bedeuten?“

Sie mutmaßten eine ganze Weile, konnten sich jedoch auch dann noch keinen Reim auf diese äußerst kurze Mitteilung ihres Chefs machen.

Vollkommen echauffiert erschien schließlich der Erste Kriminalhauptkommissar Jakob Sprenz gegen achtzehn Uhr im Kabuff der beiden. Er wirkte reichlich derangiert. So sah er im Prinzip allerdings immer aus. Das Outfit, ein Konglomerat nicht zusammenpassender Kleidungsstücke. Aber heute … das Gesicht! Es erschien ihnen gealtert. Jakob Sprenz war fünfundsechzig Jahre alt und sollte Ende des Jahres in Ruhestand gehen. Er stöhnte, ließ sich in Herdenbeins alten Sessel fallen und rang nach Worten. Ein Zustand, der den beiden Kommissaren außergewöhnlich erschien, da es dem Ersten, als Berliner, den es in den Norden verschlagen hatte, sonst nie an Worten mangelte.

„Geben Sie mir von Ihrem Brausevorrat", krächzte er, „eigentlich brauche ich jetzt einen Cognac, aber den haben Sie ja nicht."

Twiete bediente seinen Chef.

„Herdenbein lebt. Er liegt in Preetz!"

„Waaaaas?", schrien die beiden Kommissare und sprangen wie elektrisiert auf.

Sprenz machte eine beruhigende Bewegung mit seiner freien Hand, die andere mit dem Glas war Twiete entgegengestreckt. Twiete bediente seinen Chef ein zweites Mal.

Eine kurze Pause. Maren Ketels und Jochen Twiete hatten sich nicht wieder hingesetzt und warteten in größter Anspannung auf die Erklärung ihres Chefs.

„Ich informiere euch jetzt in aller Kürze und morgen stürzen wir uns in die Arbeit."

Die beiden starrten den Ersten an.

„Ich erhielt heute Nachmittag den Anruf eines Polizeibeamten von einer Unfallstelle auf der B 76, Umgehungsstraße Preetz. Der Unfall erschien ihm suspekt, zumal unser alter Herdenbein das Opfer war. Ich fuhr natürlich sofort hin. Vorher habe ich euch noch die Nachricht an den Monitor geklebt. Die Feuerwehr war gerade dabei, das Unfallopfer nach Preetz ins Krankenhaus zu schaffen. Ich konnte noch einen Blick auf den Verletzten werfen. Ich sage euch, grauenhaft. Es war Herdenbein, aber kaum noch zu erkennen. Ein Anblick, der einen jammern und der Entsetzen aufkommen ließ. Verbrannt, rußig, blutig, zerfetzt, stöhnend, ich musste mich abwenden. Ich wollte mit Herrn Sammler sprechen und habe ihn gesucht, bis mir einfiel, dass dieser gute Freund von Jens ja im Urlaub ist. Als ich Herdenbeins Auto sah, oder das, was von seinem Golf übrig geblieben war, wurde mir sofort klar, das war kein Unfall, zumal ja auch kein zweites Fahrzeug darin verwickelt war, sondern ein Attentat. In der Zwischenzeit war auch die Spurensicherung unter Könnecke vor Ort und begann mit ihrer Arbeit. Die Umgehungsstraße, in Höhe der großen Windkraftanlagen, war beidseitig gesperrt. Die Beamten hatten bereits mit der Vernehmung der Zeugen begonnen. Diese Befragung ergab nischt, da alle Schaulustigen erst nach dem Geschehen, also ich sage mal, nach der Bombenexplosion, eingetroffen waren. Es gibt allerdings eine Ausnahme. Johanna Fuchs, eine Journalistin, die wohl hinter Herdenbein fuhr, und die das verbrecherische Ereignis miterlebt hat. Sie hat übrigens auch den Inspektor aus seinem Wagen herausgezogen. Bemerkenswert, diese Frau! Hat sich zum brennenden Fahrzeug begeben und getan, was getan werden musste. Ich habe mit ihr gesprochen. Ich hab' es zumindest versucht. Aber diese Frau war so fertig, körperlich und mit den Nerven, dass sie zu diesem Zeitpunkt keine weiteren Angaben machen konnte. Ich hab' ihr gesagt, dass wir noch auf sie zukommen werden. Das müsst ihr dann morgen machen."

Die Kommissare hatten Sprenz kein einziges Mal unterbrochen. Auch als der Erste seinen Bericht beendet hatte, blieben sie noch eine ganze Weile stumm. Entsetzen war in ihre Gesichter geschrieben. Das war schließlich nicht irgendein Opfer, das es zu beklagen galt, es war ihr Chef, ihr Mentor, ihr väterlicher Freund, der wohl gerade noch einmal dem Tod von der Schippe gesprungen war. Und würde er letztlich dieses Attentat überleben?

„Ich hab' noch etwas vergessen, liebe Kollegen. Ich hab' sofort dafür gesorgt, dass alle aufzutreibenden Polizeibeamten die nähere Umgebung auf beiden Seiten der Straße nach Spuren absuchen. Der Täter muss im näheren Bereich des Tatorts gewesen sein, er muss den Wagen Herdenbeins gesehen haben, um die Sprengladung zu zünden. Ich bleibe hier und warte auf das Ergebnis der lokalen Untersuchung. Sollten wir bei der heutigen Suche, auf Grund des wenigen Personals, kein Ergebnis erzielen, werde ich morgen eine weitere und umfangreichere Suche in die Wege leiten."

„Und was sollen wir jetzt unternehmen?", fragte die Kommissarin.

„Für euch bleibt eine heikle Aufgabe übrig. Ihr werdet nach Grebin fahren und Herdenbeins Lebensgefährtin informieren."

„Nein, Chef!", rief Twiete empört aus, „wir fahren zuerst nach Preetz ins Krankenhaus."

„Ja natürlich! Das hab' ich vergessen, euch zu sagen. Kinder, wisst ihr, ich bin reichlich perdú. Ich war natürlich in Preetz. Ihr werdet dort heute nichts Neues mehr erfahren. Die Ärzte haben reichlich mit Herdenbein zu tun. Folgendes habe ich trotzdem in Erfahrung bringen können, nichts Endgültiges natürlich: Jens hat Verbrennungen im Gesicht, an Händen und Armen, die schlimmer aussehen, als sie sind. Dazu kommen Hautabschürfungen, Prellungen und Schnitte am ganzen Körper. Der linke Arm ist verstaucht, der rechte Unterschenkel und die Nase sind gebrochen und beim rechten Schneidezahn fehlt ein Stückchen. Zu den inneren Verletzungen konnte man mir nichts sagen. Unser Herdenbein hat einen Schock, und damit auch Kreislaufprobleme. Sein Operateur ist der anerkannte Dr. Stefan Rechtenberg, also wird Jens wieder aufrecht gehen können. Hab' ich noch was vergessen? Die Doktoren Schlinger und Baumann kümmern sich um das Innere unseres Inspektors. Entschuldigt, dass ich so flapsig rede, ich bin total fertig. Ab nach Grebin!"

*

Es gab zwei Gründe, warum Maren Ketels und Jochen – bitte Jooochen! – Twiete nicht den direkten Weg von Kiel nach Grebin einschlugen. Mit der Unfallstelle auf der B 76 hatte es übrigens nichts zu tun! Der eine Grund bestand darin, dass die beiden Kommissare – und das ist sehr gut nachzuvollziehen – noch immer unter einem Schock standen. Erst langsam wurde ihnen die ganze Tragweite des Geschehens bewusst, das auch sie zu Betroffenen machte. Es war ein gewaltiger Unterschied, ob man als Vertreter der Ordnungsmacht zu einem Getöteten, einem Verletzten, also einem Opfer gerufen wurde oder ob man sich damit konfrontiert sah, dass man zu dem Geschädigten in einem persönlichen Verhältnis stand. Wie schon gesagt, der väterliche Freund, der verehrte ehemalige Chef war einem Anschlag zum Opfer gefallen. Wer diese abscheuliche Tat begangen hatte und warum, waren keine Fragen, die sie bewegten. Allein die Tatsache, dass es einen Menschen gegeben hatte, der ihrem Herdenbein Böses angetan hatte, berührte sie so stark, dass sie sich zu kriminalistischen Erwägungen überhaupt noch nicht in der Lage sahen. Aus diesem Gemütszustand heraus wählten sie – und zwar ganz unbewusst – den längeren Weg nach Grebin und bewegten sich damit – sicherlich auch unbewusst! – auf Herdenbeins Pfaden. Sie fuhren also über die Dörfer: Selent, Mucheln, Lebrade und Kossau, hielten jedoch nicht – wie ihr Chef es getan hätte – an den Teichen an. Fuhren also einen Umweg, der sie nahe an seinem bisherigen Domizil vorbeiführte. Der zweite Grund für ihre Trödelei bestand natürlich im Inhalt der Botschaft, die sie der langjährigen Gefährtin des Inspektors überbringen mussten. Nun, auch die langsamste Fahrerei führt zum Ziel und so standen sie mit ihrem Wagen dann doch auf dem Parkplatz vor der ‚Linde'.

Sie besprachen sich kurz.

Dann mit festem Schritt, schon beinahe militärisch, starteten sie. Betraten den Gasthof, den Schankraum, umrundeten die Theke – die anwesenden Gäste hielten beim Trinken des Bieres inne und ließen Messer und Gabel beim Genießen der leckeren Fischspeisen auf den Teller sinken, gafften ihnen verblüfft nach – und verschwanden wortlos in der Küche. Hilke, der dreiunddreißigjährige weibliche Bocuse von Grebin starrte die beiden entsetzt an, als sie Margit Steinwede kurzerhand an den Armen packten und sie in den Gartenbereich hinter das Haus führten.

„Was soll das!", rief die Wirtin erschreckt aus.

„Bitte, versuch dich nicht aufzuregen, Margit, wir haben dir …"

„ … Was habt ihr?", unterbrach Margit die Kommissarin.

„ … lass mich alles in Ruhe erklären", versuchte es Maren zum zweiten Mal.

Einfühlsam wollte sie sein!

„Twiete!", schrie Margit Steinwede, „auf der Stelle sagst du mir, was los ist."

Nach diesem unmissverständlichen Befehl vergaß Kommissar Jochen Twiete jegliche Zurückhaltung – Sensibilität war noch nie seine Stärke gewesen! – sowie die Besprechung mit seiner Verlobten vor der ‚Linde'.

„Jens ist Opfer eines Attentates geworden."

„Was?!"

„Aber er lebt!", erklärte Maren lautstark.

Hilke kam aus der Küche herausgeschossen und starrte die drei bestürzt an.

Sollte jetzt das Chaos ausbrechen?

Mitnichten!

Zwar war sie wie vom Donner gerührt, doch plötzlich machte sich in Margit ein Gefühl breit, als ob sie über dem Geschehen schwebte. Von einem Augenblick auf den anderen war sie vollkommene Ruhe, die Beherrschtheit in Person. Sie nahm Marens Hände in die ihren, wandte sich jedoch dem schlaksigen Kommissar zu.

„Erkläre, Jochen, und zwar kurz!"

„Jens war heute Mittag auf dem Weg nach Kiel. Auf der Umgehungsstraße von Preetz wurde ein Anschlag auf ihn verübt. Sein Wagen ging in die Luft. Die Feuerwehr hat ihn in die Klinik Preetz gebracht und jetzt ist er außer Lebensgefahr."

„Kompetente Ärzte kümmern sich um ihn", ergänzte Maren. „Jakob Sprenz war am späten Nachmittag in Preetz und hat dort mit dem einen oder anderen Mediziner gesprochen. Wir brauchen uns keine Sorgen zu machen. Sprenz meint, Herdenbein wird wieder den aufrechten Gang lernen."

„Das heißt, ihm wurden die Knochen gebrochen?"

„Der rechte Unterschenkel und die Nase. Am rechten Schneidezahn fehlt ein Stückchen."

„Hat er innere Verletzungen?"

„Wissen wir nicht."

„Ich danke euch, dass ihr mir diese Schreckensmeldung persönlich überbracht habt, ich fahr jetzt nach Preetz."

„Du wirst nichts Neues erfahren", wagte Twiete einzuwenden.

Die Wirtin strafte ihn mit einem eiskalten Blick und wandte sich an Hilke, die stumm zugehört hatte.

„Du schaffst das alleine? Ich bin bald wieder da."

Eine Antwort wartete sie nicht ab und verschwand durch die Gartenpforte zu ihrem Wagen.

Obwohl matt und marode, blieben Maren und Jochen noch eine Stunde im Krug und halfen beim Zapfen des Gerstensaftes und beim Bedienen.

Man hatte in der Gaststube trotz aller Vorsichtsmaßnahmen doch etwas mitbekommen und so mussten die beiden vom nachmittäglichen Geschehen auf der B 76 berichten.

Die Gäste waren bestürzt und die betrübliche Sensation machte sehr schnell in Grebin die Runde.

Als Margit gegen zweiundzwanzig Uhr aus Preetz zurückkehrte, hatte sie Ruhe erwartet, zumindest so wenig Geschäftigkeit, dass sie sich zurückziehen konnte. Doch die ‚Linde' brummte gewaltig und sie musste wohl oder übel die Neugier der immerhin anteilnehmenden Dorfbewohner und Feriengäste befriedigen.

Eine halbe Stunde später wurden alle noch verbliebenen Besucher von Hilke resolut aus der Gaststube hinauskomplimentiert. Dann zapfte sie ein letztes Bier und stellte es vor Margit hin, die an der Theke saß und vor sich hinstarrte.

Aufgestaute Sorge, Anspannung und Ängste brachen sich jetzt Bahn. Es begann mit einem verhaltenen Weinen, das schließlich zu einem gewaltigen Schluchzen anschwoll. Sie redete, doch konnte Hilke kein einziges Wort verstehen.

„Trink!“, forderte sie ihre Chefin auf.

Mit kleinen Schlucken kam Margit der Aufforderung nach.

Hilke zündete eine Zigarette an – igitt, igitt, sie war Nichtraucherin! – und steckte sie der Wirtin zwischen die Lippen. Margit redete.

Peu à peu wurde der Köchin deutlich, welche Seelenqual das Attentat auf Herdenbein bei ihrer Chefin auslöste. Dabei hatte sie in den letzten Monaten angenommen, dass das Kapitel Herdenbein erledigt sei. Sie hatten sich doch auseinander gelebt, gerade auch emotional und zum Schluss immer weniger zu sagen gehabt. Auch die räumliche Trennung, zu Beginn für beide ein Stück Hoffnung – schließlich lebte Herdenbein vom Frühjahr bis zum späten Herbst auf dem Grundstück am Schluensee und das beinahe schon zwei Jahre –, hatte keine wesentliche Verbesserung der Beziehung gebracht.

„Manchmal habe ich den sturen Bock zum Teufel gewünscht. Aber doch nicht so etwas!“, stöhnte Margit.

Hilke strich ihr sanft über die Haare.

Margit raffte sich auf.

„Ich danke dir, Hilke, geh jetzt nach Hause. Ich schaff das schon.“

Als Hilke die Haustür hinter sich abschlossen hatte, begann Margit Steinwede Rotz und Wasser zu heulen.

*

Das Wohnzimmer entsprach in den Dimensionen seinem Büro. Gewaltige Ausmaße und Luxus pur. Ein Panoramafenster, das einen herrlichen Ausblick auf den wohlgestalteten Garten zuließ. An drei Wänden Bücherregale, die weitaus mehr als zweitausend Bände beherbergten, teilweise mit kostbarem Einband. In einem Regal – sein ganz besonderer Stolz – auch Erstausgaben, die zu beschaffen ihm beziehungsweise dem beauftragten Antiquariat, viel Mühe und Kosten bereitet hatte. Sah aber einfach gut aus! Und aus diesem Grund standen sie auch dort. Lesen war nicht seine Stärke. Aber als Grund gab er an, sich dabei in die eigene Tasche lügend, keine Zeit für solche Kinkerlitzchen zu haben. Zwei schwere Sitzgruppen in hellem und dunklem Leder dominierten den Raum. Ansonsten bestand das Interieur aus Eiche. Er liebte eben das Höhlenhafte!

„Das war ein ausgesprochen guter Tag. Ja, ich kann sagen, dass ich zufrieden bin. Sehr zufrieden sogar. Meine monatelangen Beobachtungen haben sich gelohnt. Das Schwein gibt es nicht mehr. In die Luft gesprengt. Peng! Kurz und knapp. Es knallte und den Inspektor segnete das Zeitliche, wie man so schön sagt. Darauf einen Dujardin! Natürlich nicht bei mir."

Er verließ zufrieden das Wohnzimmer, von seinem ‚Innenbanausen' unter schwersten ästhetischen Bauchschmerzen eingerichtet, um aus der angrenzenden Design-Küche eine Flasche Champagner zu holen, die er schon am Morgen vorsorglich kalt gestellt hatte. Man muss die Feste feiern, wie sie fallen. Und heute war ein Festtag!

„Das wäre geschafft! Übrigens, es war vollkommen leicht, dieses Ausspähen dort unten am Schluensee. Und das Öffnen des Wagen, ich sage nur, ein Kinderspiel. Und die Installation der Bombe? Fand, wenn Sie so wollen, unter den Augen des Inspektors – des gewesenen Inspektors! – statt."

Er ließ den Korken knallen, denn das gehörte irgendwie dazu, und kippte den köstlichen Inhalt eines 1995er Dom Pérignon in den Römer, ohne darauf zu achten, dass ein Vielfaches des Champagners überschäumte und über den Tisch rann. Das wahrlich unpassende Glas störte ihn nicht. Er liebte Römer, das hatte er von seiner Mama, die auch davon begeistert gewesen war und ihn gewissermaßen angesteckt hatte. Cognac, Wein, Sekt, Champagner oder auch ein GabiKo – Ganz billiger Korn – wurden in dieses Gefäß geschüttet.

„Auf dein Leben im Himmel, Jens Herdenbein!"

In einem Zug rann der köstliche Dom Pérignon die Kehle hinunter.

Er ließ sich in den dunkelbraunen Fauteuil – Extraanfertigung – plumpsen und genoss den Augenblick. Malerisch lag er da, mit weit von sich gestreckten Beinen und bot in seinem Freizeitanzug, in den Farben Magenta und Gelb, den Anblick eines äußerst zufriedenen Campingplatz-Liebhabers.

„Ich halte nichts von diesem Prickelwasser aus Frankreich. Ist teuer und schmeckt nicht besonders. Ich bevorzuge ja Bier oder Cognac oder einen einfachen Schnaps. Aber zu diesem Anlass muss es schon etwas Besonderes sein und da haben sie mir dieses französische Sprudelwasser empfohlen. Also noch ein Glas!"

Er griff zum Humidor, dem ‚billigen', dem ‚von der Stange' und holte sich eine Zigarre heraus. Betrachtete sie eingehend, prüfte sie mit der Nase, täuschte sich selbst, denn wirkliche Kenntnisse hatte er keine. Der Preis war entscheidend. Und diese ‚Cohiba Siglo Piramide' war immerhin teurer als seine ‚Montecristo' aus dem Büro.

„Auch das muss sein, an diesem wunderbaren Tag."

Er bearbeitete die teure Zigarre fachmännisch – das war ihm ja beigebracht worden – und ließ schließlich den blauen Dunst zur Decke emporsteigen.

„Wie der Wagen von dem Herdenbein in Luft flog, einfach Klasse. Dieser Feuerschein, dieser kleine Rauchpilz und dann dieses Geräusch! Ich hätte es filmen sollen, mit Ton! Hab' ich alles im Rückspiegel beobachtet. Ging leider nur viel zu schnell. Am liebsten hätte ich angehalten, wäre langsam zurückgefahren und hätte mir die ganze Chose angesehen. Den Schrotthaufen, das brennende Wrack und mittendrin: Ja! Herdenbein. Mein Erstlingswerk! Schön wäre es auch gewesen, wenn ich mich hätte unter die Leute mischen können. Vielleicht einen Kommentar abgeben und dabei ein ganz trauriges Gesicht machen. Au ja, das wäre etwas gewesen. Naja, das ging nicht. Schade! Prost!"

Er schenkte sich ein weiteres Glas ein. Sein Gesichtsausdruck und seine Körperhaltung verrieten größte Zufriedenheit.

„Nun Herdenbein, das war's!"

Ist es nicht gut zu wissen, dass er sich irrte?

3.
Ungewissheit

2. Tag, Freitag, 1. Juli 2005

Der nächste Morgen sollte zuerst von Lähmung und dann von Verwirrung geprägt sein.

Jakob Sprenz, der Erste Kriminalhauptkommissar, war pünktlich – wie es seine Art war – kurz vor acht Uhr in der Bezirkskriminaldirektion. In seinem Büro angekommen, setzte er sich auf den bequemen Drehstuhl an seinem Schreibtisch und … tat nichts. Sprenz wirkte verloren und starrte vor sich hin. Natürlich machte ihm die Müdigkeit zu schaffen. Er war am gestrigen Abend erst sehr spät nach Hause gekommen, da er den mündlichen Bericht des Polizeieinsatzkommandos von der B 76 abgewartet hatte. Dieser war dann auch noch in höchstem Maße unbefriedigend gewesen, da nicht der kleinste Hinweis auf das Attentat gefunden worden war. Da half es auch nicht, sich zu vergegenwärtigen, dass die Umstände – zu wenig Zeit und noch weniger Beamte – auch nicht gerade optimal gewesen waren. Also musste am nächsten Tag eine neue Suche angesetzt werden. Sprenz versuchte also noch am selben Abend, einen erneuten Einsatz zu organisieren, ein Unterfangen, das ihm allerdings nur peripher gelang. Immerhin, die Maschinerie war schon von ihm in Gang gesetzt worden. Zu Hause angekommen, war er unruhig wie ein Tiger durch die Zimmer der Wohnung gelaufen. Die Unruhe wurde auch nicht dadurch getilgt, dass er seiner Angetrauten von diesem furchtbaren Tag erzählte. Als er sich schließlich ins Bett bemühte, fand er keinen Schlaf, ja meinte am nächsten Morgen, überhaupt nicht geschlafen zu haben. Vollkommen gerädert – auf das vorbereitete Frühstück seiner Gattin hatte er verzichtet – gelangte er zur Blumenstraße und hatte hier den Einsatzleiter und das heutige Suchkommando genauestens instruiert, worauf sie bei ihrer Suche an der B 76 achten sollten. Und nun saß er reichlich lädiert, die Beine weit von sich gestreckt, in seinem Bürosessel und grübelte.

Als Maren Ketels und Jochen Twiete ihr Büro betraten, sahen auch sie nicht gerade wie das blühende Leben aus. Nach ihrer traurigen Mission in Grebin waren sie in Marens Wohnung nach Plön in den Steinbergweg gefahren und hatten sich unterhalten. Twiete, der ja sonst nur dem Sprite zugetan war, holte sogar zwei Flaschen Bier aus dem Kühlschrank. Man trank und schwieg, hing den eigenen Gedanken nach, bis die Dämme brachen und die beiden bis in die Puppen redeten, laut nachdachten, traurig waren und ab und an ein Stöhnen vernehmen ließen. Ihre Gespräche waren dann auch durch große Betroffenheit geprägt, weniger durch berufsbedingte Vorstellungen, was nachzuvollziehen war.

Langer Rede kurzer Sinn, auch die beiden Kommissare waren nicht gerade in der besten körperlichen Verfassung!

*

Als Maren und Jochen schließlich das Büro des Ersten betraten, gab er sich einen Ruck und nahm im Sessel eine aufrechte Haltung an. Er nickte zur Begrüßung mit dem Kopf und forderte sie dann auf, sich zu setzen.

Der Chef sah schlecht aus. Übermüdet und zerknittert. Es erschien Twiete, als ob Jakob Sprenz geschrumpft war, dabei entsprach er doch gewöhnlich auch nur einem ‚Laufenden Meter'. Der Mann sollte 65 Jahre alt sein? Uralt sah er aus. Andererseits hatte er sich den zu erwartenden Temperaturen des Tages entsprechend gekleidet: Dreiviertel Khakihose und Hawaiihemd. Twiete musste lächeln. Indessen konnte er ja mit seinem Aufzug auch nicht gerade Staat machen. Von Marens Eleganz färbte nichts ab.

„Wie ich sehe, sind auch Sie immer noch entsetzt. Ihre Betroffenheit ist Ihnen ins Gesicht geschrieben. Aber, Frau Ketels, Herr Twiete, wir haben keine Zeit für Gefühlsduseleien, also machen wir uns an die Arbeit."

„Was ist denn gestern bei der Spurensuche im Seitenbereich der B 76 herausgekommen?", fragte Maren.

„Nichts, rein gar nichts! Aber vielleicht war die Suche auch einfach zu kurz oder wir hatten zu wenige Beamten im Einsatz", antwortete Sprenz mit leichter Resignation in der Stimme.

„Und gibt es eine neue Suche?"

„Natürlich, die ist auch schon im Gange. Ich habe die Beamten heute Morgen noch einmal detailliert instruiert, wonach sie zu suchen hätten: Frische Reifenabdrücke, bei dem momentanen, trockenen Wetter vielleicht etwas problematisch, aber nicht unbedingt zwecklos. Weggeworfene Gegenstände, welcher Art auch immer und Kippen, die noch nicht allzu lange liegen und so weiter und so fort. Wisst ihr, ich kann mir gut vorstellen, dass der Attentäter tagelang gelauert haben muss, ehe er zu seinem perfiden Anschlag kam. Meiner Meinung nach müssten einfach Spuren vorhanden sein. Ach ja, der Könnecke von der Spurensicherung mit seinem Team ist auch dabei und zudem noch die Leute vom LKA. Die werden in der Zwischenzeit schon Jens' Wagen unter die Lupe genommen haben."

„Und wann ist mit einem Ergebnis zu rechnen?", fragte Twiete.

„Ich hoffe, dass ordentlich gesucht wird, dann könnten wir nach dem Mittag einen abschließenden Bericht erwarten. Und nun zu unserer Arbeit! Haben Sie sich bereits Gedanken gemacht?"

„Wir haben gestern Abend sehr, sehr lange nachgedacht", antwortete die Kommissarin. „Wer kommt für diese Tat grundsätzlich in Frage, wem kann man dieses Verbrechen zutrauen und wer hat Herdenbein gegenüber je eine Drohung ausgestoßen?"

Und Twiete ergänzte:
„Der Täter muss jemand sein, der erstens von Herdenbein überführt wurde, der zweitens über ein gewisses Know-how verfügt, der drittens viel Zeit für eine detaillierte Recherche zu Herdenbeins Tagesabläufen hatte und der letztens von unbändigem Hass beseelt war."
„Sehr schön! Wie werden Sie vorgehen?"
Twiete stöhnte auf.
„Aktenstudium, Aktenstudium, Aktenstudium!"
„Nur die letzten zehn Jahre", versuchte Sprenz zu beruhigen.
„Das werden über hundertzwanzig Fälle sein!", begehrte Twiete auf.
„Nun, Herr Twiete, beachten Sie, Fälle sind nicht gleich Täter, es werden weniger sein!", begegnete Sprenz dem Einwand des Kommissars.
„Wir schätzen, dass in etwa einhundert Täter in den letzten zehn Jahren von Jens Herdenbein aus dem Verkehr gezogen wurden, vielleicht etwas weniger", stellte Maren fest.
„Dann fangen Sie sofort an", befahl Sprenz. „Und lassen Sie sich die Aktenberge aus dem Archiv in Ihr Büro bringen, Sie werden sie kaum tragen können."
Twiete stöhnte ein weiteres Mal auf.
„Und noch eins …"
Die beiden Kommissare hatten sich schon zum Gehen gewandt und blieben nun stehen.
„Es sind weit weniger als hundert, die in Frage kommen", gab der Erste ein weiteres Mal zu bedenken. „Bevor Sie mit dem Studium beginnen, folgender Tipp: Sortieren Sie all jene aus, die vielleicht wegen anderer Delikte gerade wieder einsitzen. Telefonieren Sie, bevor Sie anfangen. Denken Sie auch an die, die in der Zwischenzeit verstorben sind oder ins Ausland gezogen sind. Die fallen ja alle weg, oder?"
Jakob Sprenz machte ob dieser arbeitserleichternden Tipps eine beifallheischende Miene, wurde jedoch mit einem knappen ‚Danke' Twietes nachdenklich zurückgelassen.
Vom Kabuff aus orderten die beiden jene durchzuarbeitenden Dossiers und warteten bei Kaffee und Sprite recht verdrießlich auf den ‚reitenden Boten'. Ihre Mienen hellten sich beim Eintreffen des Beamten, der einen kleinen Bürowagen vor sich herschob, keineswegs auf. Die Aktenberge versprachen viel, vor allem eintönige Arbeit.
Als Erstes wurden jene Akten aussortiert, die – und hier folgten sie Sprenz' Tipp – jene ‚Anwärter' auswiesen, die sich zur fraglichen Zeit nicht in Deutschland aufhielten, gerade wieder einmal einsaßen oder

– zur klammheimlichen Freude der beiden Kommissare – bereits das Zeitliche gesegnet hatten. Die Arbeit, wenngleich nur Telefonate oder Recherchen im Intranet, waren trotzdem zeitraubend und bescherten heiße Ohren sowie müde Augen. Immerhin, der Aktenberg war von einhundertzwei auf siebzig geschmolzen, als Twiete und Ketels beschlossen, eine Pause einzulegen, um die Kantine aufzusuchen. Da Jochen Twiete immer hungrig war – sein leptosomer Körperbau ließ eigentlich anderes vermuten oder sollte er gar der Grund sein? –, bedurfte es eigentlich nicht einer erholsamen Unterbrechung ihrer Arbeit. Auch die Hitze des Tages, vor allem aber die ihres Kabuffs, ließen ihn nicht davor zurückschrecken, sich eine deftige Speisenfolge einzuverleiben. Maren Ketels begnügte sich dagegen mit Putenbruststreifen auf sommerlichen Salaten.

Die Arbeit konnte nach dem Kantinenzwischenspiel nur kurz fortgesetzt werden, da ein Anruf des Chefs sie in sein Büro herüberbestellte. Auch gut! Das Studium von Akten gehörte mit zu den langweiligsten Tätigkeiten, die sich die Kommissare vorstellen konnten. Auch wenn sie wie in diesem Fall dazu führen sollte, dem feigen Attentäter ihres ehemaligen Chefs auf die Spur zu kommen.

Der Leiter des heutigen Suchkommandos Ole Berger gab seinen mündlichen Bericht ab.

Das erneute Absuchen des Geländes beiderseitig der B 76 in Höhe der Windräder hatte zu keinem Ergebnis geführt.

Entschuldigend – warum eigentlich? – zog der Polizeihauptkommissar wieder davon.

Das Telefon klingelte und Sprenz nahm den Anruf entgegen. Kaum hatte er aufgelegt, kam die nächste Meldung.

„Tja, was soll ich sagen, auch die Spurensicherung berichtet von einem totalen Misserfolg. Der Bericht der KTU des LKA liegt noch nicht vor. Es kündigt den schriftlichen Bericht darüber für den nächsten Tag an. Geschenkt, geschenkt! Das bringt uns dann auch nichts mehr."

Hatte man damit nicht im Stillen gerechnet?

Betreten, nein, enttäuscht saßen die drei auf ihren Stühlen und stierten vor sich hin.

„Warum muss eigentlich der Täter links oder rechts der Straße gelauert haben?", fragte Twiete und hob seine Augenbrauen.

Seine Verlobte und der Erste starrten ihn an. Marens zusammengekniffene Augen schienen jedoch einen Denkvorgang anzuzeigen.

„Ich mein' ja nur."

„Was meinen Sie denn, Herr Twiete?"

„Wir sind bisher davon ausgegangen, dass der Attentäter an der Umgehungsstraße lauerte. Jeder vermutete, dass er hinter der Böschung versteckt auf das Erscheinen von Herdenbeins Wagen wartete und dann die Bombe gezündet hat."

„Und das wäre nicht der Fall?", fragte Sprenz sichtlich erstaunt.

„Nun, die Fakten sprechen doch eine andere Sprache, oder?", setzte Twiete seine Analyse fort. „Weder die Suchaktion gestern, noch die von heute waren erfolgreich. Weil der Täter keine Spuren hinterlassen hat. Vielleicht hat er überhaupt nicht am Straßenrand gelauert? Kann doch sein, dass man von der Landstraße aus schlecht dort hingelangt? Oder wegkommt? Oder man sich nicht sicher genug dort fühlen konnte, nich?"

„Und wo soll nun der Täter gewesen sein, Herr Twiete?"

„Vielleicht vor oder hinter Herdenbeins Wagen."

„Vor seinem Wagen!", rief Maren aus. „Wenn der Täter nicht seitlich der Straße gelauert hat, muss er vor Herdenbein gefahren sein."

„Wieso nur vor ihm?", fragte Twiete.

„Wäre er hinter ihm gewesen, hätte die Gefahr bestanden, dass er bei der Explosion in Mitleidenschaft gezogen worden wäre. Weiter, er hätte im sich bildenden Stau gestanden und ich gehe davon aus, dass sich ein Täter zuerst einmal schnell vom Tatort entfernen möchte und drittens wäre er logischerweise mit der Polizei konfrontiert gewesen. Möchte er in das Geschehen involviert werden? Nein! Möchte er stundenlang im Stau stehen? Nein! Möchte er zu den Personen gehören, die von der Polizei befragt werden? Nein! Ergo, ist er vor Herdenbein gefahren. Er hatte Herdenbeins Wagen im Auge, beziehungsweise im Rückspiegel, und im geeigneten Moment hat er den Zündvorgang ausgelöst."

„Ja, so könnte es gewesen sein", stimmte der Erste Kriminalhauptkommissar zu. „So muss es gewesen sein", verstärkte Jakob Sprenz noch einmal seine Zustimmung.

Auch Jochen nickte als Zeichen des Einvernehmens.

„Und wir haben einen Zeugen, nein, eine Zeugin, die hinter Herdenbein fuhr", stellte der Erste richtig begeistert fest. „Und die muss doch zwangsläufig etwas gesehen haben, oder? Ich habe ja selbst mit ihr gesprochen, nur war sie derart verdattert, nein, mehr erschüttert, dass kein vernünftiges Wort aus ihr herauszuholen war. Ja, diese Frau, ich glaube aus Malente, könnte uns weiterhelfen."

„Sollen wir nach Malente fahren?“, fragte Twiete.

„Nein“, entschied der Erste, „Sie ackern zuerst Ihre Akten durch, um den möglichen Täterkreis einzuschränken. Und morgen früh fahren Sie von Plön aus nach Malente und befragen diese Frau. Die Adresse gebe ich Ihnen noch.“

Maren und Jochen wären natürlich allzu gerne in dieser Richtung aktiv geworden, konnten sich jedoch der Logik, die den Arbeitsanweisungen ihres Chefs innewohnte, nicht verschließen. Etwas mürrisch standen sie auf und wollten das Büro verlassen, als das LKA in Gestalt zweier Mitarbeiter erschien, die eine fröhliche Stimmung ausstrahlten.

„Korn“, stellte sich der Erste vor, „und mein Kollege Astheimer.“

„Setzen Sie sich, meine Herren“, forderte Sprenz die Kriminaltechniker auf.

„Danke, das ist nicht nötig“, meinte Korn. „Wir bringen, wie immer, frohe Kunde, denn das ist das eigentliche Wesen unserer Untersuchungen. Wir bringen von Tag zu Tag mehr Licht in das Dunkel abgrundtiefer Verfehlungen und deren Folgen.“

Die drei Kommissare starrten – von Satz zu Satz mehr – immer verwunderter die Herren Korn und Astheimer an. Dieses Paar bildete gewissermaßen das moderne Pendant von Pat und Patachon, dem berühmtesten Komikerduo aus der Stummfilmzeit, wobei Astheimer der Kleinere von beiden war. Beide waren gertenschlank und in den Vierzigern. Dunkle, volle Haare, einmal Seitenscheitel, einmal Mittelscheitel. Etwas gelbliche Gesichtsfarbe und von quirligem Wesen. Rheinische Frohnaturen, die es in den hohen Norden verschlagen hatte. Beide trugen, im Gegensatz zu ihrem filmischen Original keine zerrissenen Kleider sondern Jeans, ein weißes Oberhemd und ein schwarzes Jackett.

„Wohlauf, hier sind die ersten, leider nur peripheren, Ergebnisse unserer, immerhin doch akribischen, Untersuchungen“, Korn schmunzelte beglückt und rieb sich in Anbetracht ihres ersten Erfolges die Hände.

„Unser lieber Jens Herdenbein hat Schweineglück gehabt. Jawohl! Der Täter war ein Dilettant, dem man bei derart viel Dummheit eigentlich die Hammelbeine langziehen sollte.“

„Meine Herren“, rief Sprenz aus, „zur Sache!“

„Aber natürlich! Sehen Sie, wir freuen uns einfach. Der Täter war ein Dummkopf, das als Erstes, und unser Inspektor lebt. Also, die Explosion fand im Kofferraum statt und der Tank war leer. Also, ich als

Täter, hätte da anders gearbeitet, aber das nur nebenbei. Nun denn! Also, wir hatten da nur eine mittelmäßige Explosion. Wäre der Tank voll gewesen ...aber war er ja nicht! Weiter! Eine Bombe im Motorraum hätte unserem Herdenbein die Motorteile ins Gesicht fliegen lassen. War auch nicht! Ist das nicht alles schön? Allerdings hat's schon zu einem frühen Zeitpunkt – ich rede hier von Millisekunden! – den Airbag zerrissen und sicherlich schlimmere Verletzungen zugefügt, als bei einer späteren Zerstörung. Schlimm, aber wiederum nicht so schlimm, denn unser Dilettant hat zudem den Sprengsatz falsch berechnet: Die Mischung stimmte nicht! So was steht schon im Internet genauer, aber auch das nur nebenbei. Bei der richtigen Mischung wäre unser Herdenbein jetzt bei den Engeln. Ende des vorläufigen Berichts! Wir sind im Augenblick dabei, den Zündmechanismus, der wie durch ein Wunder kaum zerstört wurde – na ja, was unsereins so ‚kaum' nennt! –, zu untersuchen. Auch das können wir jetzt schon in aller Bescheidenheit sagen, auch keine Profiarbeit. Analysieren wir alles noch und kommen in den nächsten Tagen wieder. Frohes Schaffen!"

Die Herren vom LKA verließen Sprenz' Büro und ließen drei Kriminalbeamte zurück, die doch recht perplex waren.

Und das trotz der ‚frohen Kunde'!

„Mein Gott", rief der Erste aus, „diese Typen habe ich noch nie zu Gesicht bekommen!"

Maren und Twiete hatten ihre Verblüffung schließlich auch überwunden und verließen Sprenz.

„Erst die Akten, dann die Zeugin", ließ Sprenz noch vernehmen.

Da sich die beiden Kommissare, zurückgekehrt ins Kabuff, anfänglich sowohl über die respektlos heiteren Kriminaltechniker ausließen, wie auch über den neuen Aspekt des möglichen Aufenthaltes des Täters zur Zeit des Anschlags, fand nur ein geringer ‚Abbau' von Akten statt, so dass sich Maren und Jochen schließlich genötigt sahen, zumindest dreißig jener ungeliebten Dossiers mit nach Hause zu nehmen.

Das wurde ein sehr, sehr schöner Sommerabend!

3. Tag, Samstag, 2. Juli 2005

Die Fahrt von Plön nach Bad Malente ist nur ein Katzensprung.

Auf der B 76 nach Eutin. Abzweigung kurz vor Bösdorf nach links und dann weiter auf der Landstraße zum Kurort an Diek- und

Kellersee. Vorschlag einer Werbefirma: ‚Die kleine Stadt mit dem Charme der siebziger Jahre'. Ob das böse gemeint war? Ob da offene Rechnungen zu begleichen waren? Nun, Jochen Twiete fuhr wie immer: Rasend und gemeingefährlich, ein Fahrstil, den auch Herdenbein ihm in all den gemeinsamen Jahren nicht hatte austreiben können. So war man hurtig angekommen. Twiete empfand es übrigens als vollkommen angemessen derart schnell zu fahren, da es Zeit aufzuholen galt.

Der Abend war lang gewesen, zumal sie nicht in Marens Wohnung gefahren waren, sondern in seine. Die lag zwar idyllisch im Herzen von Plön in der Klosterstraße, mit einem etwas eingeschränktem Blick auf den Großen Plöner See, war aber eben seine Wohnung. Parterre wohnte seine Mutter und er im ersten Stock. Herdenbein, der nur einmal diese Wohnung besichtigt hatte, als ihm der junge Kollege sein berühmtes, mehr berüchtigtes ‚Mörder-Find-Programm' vorstellte, hatte sich zu der Aussage hinreißen lassen, dass jede Rumpelkammer wohnlicher sei als diese Kruschtbehausung. Mit anderen Worten, bevor die beiden Kommissare an die Arbeit gehen konnten, musste zuerst Ordnung geschafft werden und das war in diesem Fall eine zeitaufwändige Angelegenheit. Auf Kritik, auch seiner Verlobten, pflegte Jooochen mit einem langgezogenen ‚ist doch sehr gemütlich' zu antworten.

Der Gerechtigkeit halber sei hier jedoch noch angefügt, dass nur Herdenbein dieses Programm so abschätzig benannte, Twiete bevorzugte die schöne Bezeichnung ‚Crime Evaluation and Priorities Program', kurz CEPP.

Also, Aufräumen, eine Kleinigkeit essen, dann Studium und zuletzt Liebe.

Es war spät geworden, also musste schnell gefahren werden.

Eigentlich nachvollziehbar!

Bad Malente, Lindenallee, schon ziemlich in der Nähe des Kellersees, ein kleines, hübsches Einfamilienhaus. Ein ererbtes Domizil, das jetzt von Johanna Fuchs bewohnt wurde. Vor dem reizenden, zweistöckigen, beigegestrichenen Haus befand sich ein gepflegter Rasen mit verschiedenen Rosenarten und bildete einen ansprechenden Kontrast zum Gebäude. Da die Kommissarin ihr Kommen telefonisch angemeldet hatte, wurden sie bereits erwartet und in ein schnuckeliges – Originalton Twiete – Wohnzimmer geleitet. Es gab einen zweiten Kaffee an diesem Morgen, der dankbar entgegengenommen wurde. Leider war dieser das einzige Angenehme.

„Sie kommen vergeblich, Frau Ketels, Herr Twiete“, begann Frau Fuchs. „Ich habe Ihnen das bereits am Telefon gesagt, ich kann mich an nichts erinnern. Ich sehe diesen Feuerball vor mir, ich höre dieses Geräusch, ich kann meinen Wagen gerade noch zum Stehen bringen und diesen Mann aus seinem Auto ziehen. Das ist alles! Ich bedauere!“

Bei ihrer Erklärung war die Zeugin immer unruhiger geworden.

„Sie sind immer noch geschockt, das können wir gut verstehen. Das ist übrigens auch der Grund, warum wir persönlich mit Ihnen sprechen wollten“, beruhigte Maren Ketels die arme Frau.

„Wir haben auch nur eine ganz konkrete Frage“, schloss sich Twiete mit sanfter Stimme an, „haben Sie unter Umständen einen Wagen bemerkt, der Sie kurz vor der Explosion überholt hat?“

„Lassen Sie sich Zeit“, ergänzte Maren.

Frau Fuchs ließ sich Zeit und beschäftigte sich intensiv mit dem Umrühren ihres Kaffees.

„Ja. Mir ist ein Wagen aufgefallen, der mich nach Lepahn immer wieder überholen wollte, aber nicht konnte. Ich selber wollte ja auch diesen langsamen Golf hinter mir zurücklassen, der dann auf der Umgehungsstraße von Preetz in die Luft geflogen ist. Konnte ich aber nicht.“

Maren und Jochen starrten sie gebannt an.

„Der Wagen vor mir, das war ein neuer Golf.“

„Der neue Golf V von Herdenbein “, ergänzte Twiete.

„Und das Fahrzeug hinter Ihnen?“, fragte Maren und konnte die Spannung in ihrer Stimme nicht unterdrücken.

„Das war ein oller Wagen.“

„Überlegen Sie genau, Frau Fuchs“, insistierte Maren.

„Dunkelblau, dunkelbraun oder so. Eben ein alter Wagen.“

„Deutsches Fabrikat oder ein ausländisches, Marke?“, half Twiete nach.

„Ich glaube … auch ein Golf.“

„Gut“, meinte Maren, „es war kein neuer Golf, also kein Golf V. Vielleicht der Vorgänger?“

„Das weiß ich nicht.“

„Der Golf IV hat große geschwungene Rücklichter, die zur Seite hin halbrund auslaufen.“

„Nein, die hat er nicht gehabt, das glaube ich genau zu erinnern.“

„Könnten die Rückstrahler rechteckig gewesen sein?“

„Ja, glaub' ich schon, rechteckig. Das ist alles so schwierig! Beschwören würde ich das nicht."

„Sie sagen", fasste Twiete zusammen, „es war ein oller Wagen, aller Wahrscheinlichkeit nach ein Golf, und der hatte keine runden Rückstrahler. Also müsste es ein Golf III gewesen sein. Das ist doch was!"

Die beiden Kommissare erhoben sich, bedankten sich für den Kaffee und Maren überreichte ein Kärtchen.

„Wenn Ihnen noch etwas einfallen sollte, rufen Sie uns an. Vielen Dank. Und ... denken Sie noch einmal an den Wagen, der Sie überholt hat. Vielleicht fällt Ihnen noch etwas ein, besondere Merkmale, Beulen, auffällige Antenne, Beschriftung oder so. Nochmals vielen Dank, Frau Fuchs."

Als sie wieder in ihrem Wagen saßen, schienen die beiden einen zufriedenen Eindruck zu machen.

„Mehr als nichts", meinte Twiete, „ein alter Golf III, und vielleicht fällt ihr noch etwas ein."

„Und wir haben nur noch vierzig Akten durchzuarbeiten und das schaffen wir heute noch."

Twiete fuhr über Neversfelde nach Grebin. Von dort ging es weiter über Lebrade und Lepahn zur Umgehungsstraße von Preetz. Es war ein merkwürdiges Gefühl, das die beiden beschlich, als sie auf der B 76 in Höhe der großen Windkraftanlage die ‚Unfallstelle' passierten. Genauso wie gestern Abend überkam sie eine nicht zu beschreibende Empfindung, die jedoch in dem starken Wunsch mündete, den Attentäter möglichst schnell zu überführen.

*

Bevor die Kommissare sich auf die restlichen Akten stürzen konnten, begegnete ihnen auf dem langen, hallenden und düsteren Flur der Erste.

„Was macht die Aktendurchsicht?", fragte er und schloss gleich darauf an, „und die Zeugin in Malente, hat die etwas gebracht?"

„Wie geht's dem Jens?", entgegnete Maren.

„Ich hab' heute Morgen in Preetz anjerufen, den Umständen entsprechend."

„Geht's vielleicht etwas genauer?", hakte Jochen nach.

„Die hüllen sich im Krankenhaus zwar nicht in Schweigen, aber viel erfährt man nicht."

„Und das Wenige, das wäre?“, Twiete ließ nicht locker.

„Sie haben Fliejenbein zwar nicht ins Koma versetzt, halten ihn aber schwer unter Medikamenten. Er ist nur ab und an bei sich. Aber der diensthabende Arzt versicherte mir, es gehe ihm besser.“

„Das hört sich doch ganz gut an“, meinte Twiete, „wir sollten heute Abend mal in Preetz vorbeischauen. Was meinst du?“, er schaute seine Verlobte an.

Maren nickte.

„Ich hab' euch was jefracht“, begann der Erste von Neuem.

Zu dritt betraten sie das Kabuff und Sprenz wartete, von einem Fuß auf den anderen tretend, auf ihre Antwort. Maren Ketels ließ sich Zeit und begann, die Kaffeemaschine in Gang zu setzen. Nur der durchdringende Blick seines Vorgesetzten brachte Twiete schließlich dazu, seine provokante Reserviertheit abzulegen und knapp zu berichten.

„Vierzig Akten sind noch übrig, wahrscheinlich die vielversprechenderen. Wir brauchen Zeit, da wir die abgelegten Fälle gegenlesen ...“

„Und, und, und?“, insistierte Sprenz ungeduldig.

„Werden wir heute mit fertig.“

„Und die Zeugin?“

„Kann sich mehr oder weniger an nichts erinnern, aber wird nachdenken.“

„Wir werden Frau Fuchs noch einmal interviewen“, ergänzte Maren, „morgen oder übermorgen.“

Sprenz zog enttäuscht ab.

„Was hat der erwartet?“, brummelte Twiete vor sich hin.

„Natürlich, dass du ihm den Attentäter präsentierst, mein Lieber.“

Sie lachten beide und machten sich, nur unterbrochen durch die Mittagspause in der Kantine, über die restlichen Akten her.

Eine kurze, jedoch angenehme, Unterbrechung war das Erscheinen von Kriminaloberrat Wölger, der zwar schon außer Dienst gestellt war, dennoch häufig die Diensträume in der Bezirkskriminaldirektion aufsuchte, um ‚nach dem Rechten zu schauen'. Auch er ließ sich von den Kommissaren informieren.

„Ich würde ja sehr gerne helfen, liebe Kollegen. Aber was kann ich schon noch bewirken? Sagen Sie mir, was ich tun soll und ich erledige das“, sagte er mit traurigem Gesicht. „Wissen Sie, ich werde noch zu diesen, mir immer schon suspekten, Empfängen, Partys und anderen gesellschaftlichen Zusammenkünften eingeladen, darf noch ein wenig repräsentieren. Ja, mehr erwartet man von einem neunundsechzig Jahre alten Kriminalen nicht mehr."

Er verließ mit müdem Schritt das Büro.

Maren und Jochen sahen sich an.

Der KOR war schon eine eindrucksvolle Erscheinung. Beinahe siebzig Jahre alt, aber von kerzengradem Wuchs. Sicherlich einsneunzig groß, weißes, immer noch volles Haar, dunkler Teint und eine imposante Hakennase. Liebevoll wurde er von den jüngeren Kollegen, also auch Twiete, ‚Großer Häuptling' genannt.

Nun, der große Häuptling sollte schneller helfen können, als ihm eigentlich lieb war und eben auf einer dieser ihm suspekten gesellschaftlichen Veranstaltungen.

*

„Bingo!", rief Twiete gleichermaßen geschafft wie auch zufrieden aus und legte den letzten Ordner, den seine Kollegin bereits durchforstet hatte, auf den Stapel der erledigten Akten.

Auch Maren schaute beglückt, wenngleich vollkommen erledigt auf den Aktenberg.

Es war bereits weit nach zwanzig Uhr, aber die beiden hatten sich vorgenommen noch heute fertig zu werden. Nach KOR Wölgers Abgang hatten sie sich mit Eifer an die Aufgabe gemacht. In Anbetracht der Hitze draußen und der damit verbundenen stickigen Luft in ihrem Kabuff war der Schweiß in Strömen geflossen und Twiete hatte unzählige Flaschen Sprite opfern müssen, damit sie beide diesen Nachmittag überstehen konnten.

Sprenz hatte ihnen schon vor mehr als einer Stunde ein trauriges ‚Lebewohl' zugerufen, dennoch weiterhin ein frohes Schaffen gewünscht, ehe er das Dienstgebäude verließ.

Maren Ketels und Jochen Twiete waren stolz, diese gewaltige Aufgabe in so kurzer Zeit bewältigt zu haben. Der Berg der Akten war im Laufe von anderthalb Tagen von über hundert auf siebzig, dann auf vierzig und jetzt auf zwölf zusammengeschmolzen. Immer mehr der Anfangsverdächtigen konnten ausgeschlossen werden. Sie hatten penibel gearbeitet, auch wenn das Gegenlesen sehr viel Zeit in Anspruch genommen hatte.

Zwölf Hauptverdächtige waren übrig geblieben: Heiner Becker, Klaus Determann, Ferdi Goldinger, Eike Holthusen, Ulf Jenninger, Sönke Keller, Arne Muthesius, Dieter Pfenniger, Jan Pfizer, Thomas Reiter, Rolf Sander und Berthold Schüssler.

Die Kommissare fragten sich natürlich, ob unter diesen ins Visier Genommenen tatsächlich der von ihnen gesuchte Täter zu finden sei? Und noch stärker beschäftigte sie ganz nebenbei die Überlegung, ob sie nicht eventuell in eine vollkommen falsche Richtung ermittelten? Schließlich konnte es ja auch noch Bombenbastler geben, die ihr ‚Produkt' einfach nur am Mann auszuprobieren gedachten. Dann wäre Herdenbein ein Zufallsopfer gewesen. Nicht von der Hand zu weisen war auch die Möglichkeit, dass irgendeiner der von ihnen bereits Ausgeschlossenen durch Zufall oder Beziehung an eine Bombe gelangt war.

Ganz egal, diesen zwölf Verdächtigen konnte man grundsätzlich eine sehr starke Motivation für einem Racheakt unterstellen. Allen gemeinsam war, dass sie sich durch monströse Drohungen auffällig gemacht, und in der Zwischenzeit ihre Strafen abgesessen hatten. Einige von ihnen hatten sich schon im Gerichtssaal durch wüste Androhungen hervorgetan, andere benutzten später das Telefon, um ihren Rachegefühlen freien Lauf zu lassen. Pfizer war sogar nach der Urteilsverkündgung auf Herdenbein losgegangen und konnte nur durch den schnellen und beherzten Einsatz der Gerichtsbeamten vor seinem Wüten geschützt werden. Und der Rest von ihnen, gleichermaßen hinterfotzig und verschlagen, hatte Drohbriefe gesandt.

Die dritte Frage, die sich Ketels und Twiete stellten, war natürlich: Besaßen diese Zwölf das Potential und das Know-how für diese Tat?

Während Jochen das Büro aufräumte und mit traurigem Blick die vielen leeren Sprite-Flaschen betrachtete, erstellte Maren eine Liste der Verdächtigen mit ihren Wohnadressen und denen ihrer Arbeitsplätze. Nachdem der Drucker diese Datei noch dreimal ausgespuckt hatte, wurden Schreibtische und Schränke abgeschlossen und die Computer ausgeschaltet. Die beiden waren zufrieden. Am nächsten Tag würde man, unter Einbeziehung von Jakob Sprenz, mit der Befragung der Verdächtigen beginnen.

In Preetz bog Twiete von der Bundesstraße ab und steuerte das Krankenhaus des Kreises Plön an.

An der Aufnahme wurde kurz telefoniert, nachdem sie sich vorgestellt hatten, dann wies man ihnen den Weg.

Sie hatten Glück. Trotz vorgerückter Stunde hatte Dr. Schlinger Nachtdienst und war bereit, einige Auskünfte zu geben.

„Wir sorgen uns sehr um unseren ehemaligen Chef", sagte Maren, als sie sich im ärztlichen Bereitschaftsraum niedergelassen hatten und Dr. Schlinger sie begrüßte.

„Unserem verehrten Patienten geht es gut, soweit man das bei seinen Verletzungen sagen kann. Sein Zustand ist stabil, er hat die Operationen an Nase und Bein gut überstanden. Nach einer gründlicher Untersuchung durch meinen Kollegen Baumann und mich können wir ausschließen, dass Herr Herdenbein innere Verletzungen hat. Und das, lassen Sie es mich so sagen, grenzt schon an ein Wunder. Mit anderen Worten, er wird schon werden, aber das kann noch dauern."

Maren und Jochen bedankten sich bei dem Internisten und verließen mehr oder minder beruhigt Herdenbeins Lazarett.

„Wir müssen keine Angst mehr um ihn haben, Jochen? So wie in den letzten drei Tagen?"

Twiete schüttelte ungestüm seinen Kopf und der Pferdeschwanz flog ihm ums Gesicht.

„Ich glaub' nich'!", und dabei streichelte er seiner Verlobten zärtlich die Wange.

*

Überall Schmerzen. Im Kopf. Am Kopf. Am Bauch. Auf dem Rücken. An den Beinen. Überall. Dazu das hämische Grinsen der Folterknechte. Die glänzenden Körper. Die Lederbekleidung. Standen zurückgezogen an feuchter Wand. Wie lange? Schmausten einen Apfel. Sammelten Energie. Um weiter zu quälen. Ihn. Wessen war er schuldig? Keine Anklage. Streckbank. Nur das rechte Bein. Lang. Länger. Schmerzen. Die Eisenstangen mit den glühenden Spitzen. Überall. Das Rad an die Wand gelehnt. Die Jungfrau. Die Ruten. Die Knechte kamen näher. Glitzern in den Augen. Offene Münder. Speichel. Gang zum Kohlebecken. Nein. Nicht schon wieder. Weißglühende Spitzen. Beiderseitig der Streckbank. Näher. Hitze. Gesicht. Sie wollten an die Augen. Seine Augen. Entsetzen. Geifernde Münder. Verzerrtes Lachen. Spitze. Hitze. Augen. Nein, nein, nein! Explosion des Schmerzes.

Die Tantalusqualen verwandelten sich in einen Lichtblitz, der ihn empor trug. Dem Himmel entgegen. Die Sinne schwanden, der Leidensweg beendet.

Er war in Watte gebettet. Ja, das war schön. Er fühlte sich wohlig. Das war der Himmel. Frohlocken! Die Erlösung vom Leid. Durst war geblieben. Und Hunger. Hunger? Wieso Hunger? Im Himmel hatte man Hunger? Das konnte nicht sein. Er konnte unmöglich im Himmel sein. Er schlug mühselig die Augen auf. Alles war fremd. Wo war er? Bläuliches Licht. Trockene Lippen. Hunger nein, Durst ja. Er schaute angestrengt. So sah es nicht im Himmel aus! Mehr in einem Krankenhaus. Er war in einem Krankenhaus. Ein befreites Stöhnen. Welch ein Albtraum! Mit großer Mühe drehte er seinen Körper. Schmerzen waren ohne Zweifel da. Er hatte einen geschundenen Körper. Da war ein Schalter! Mit großer Anstrengung streckte er seinen linken Arm aus und betätigte die Klingel. Klingel, Schwester, Durst.

Morpheus Arme umschlangen ihn wieder gnädig.

4. Tag, Sonntag, 3. Juli 2005

Sonntagsarbeit! Herdenbein hatte es gehasst, wenn die Umstände es erforderlich machten, auch an diesem Tag zu arbeiten. Als gelehriger Schüler hatte Jochen Twiete diese Einstellung übernommen, fügte sich logischerweise auch in das Unvermeidliche. Bisher hatten sie noch nichts in der Hand. Also erschien man unaufgefordert im Kommissariat, um ein Stückchen weiter zu kommen. Sehr zur Freude des Ersten Kriminalhauptkommissars, der ein begeisterter Anhänger preußischer Tugenden war und selbstverständlich an diesem Sonntag auch in der Direktion arbeitete. Und wie sich herausstellte, gab es noch einen weiteren Anhänger dieser preußischen Eigenart.

Kaum hatten Maren und Jochen ihr Kabuff betreten, waren noch nicht in der Lage gewesen, die Kaffeemaschine anzuwerfen, als das Telefon klingelte.

Jakob Sprenz forderte sie auf, herüberzukommen und Oberstaatsanwalt Hauen zu berichten. Dieser war vierundsechzig Jahre alt, stand auch vor der baldigen Pensionierung und hatte sich in den zwei letzten Jahren, also auch schon zu Herdenbeins Zeiten, zu einem wirklichen Unterstützer ihrer Arbeit gewandelt. Er wies, wie der KOR, eine stattliche Größe auf und wurde von vielen als vierschrötig beschrieben. Er war immer korrekt gekleidet und ließ dabei Stil erkennen. Zwei Dinge zeichneten ihn besonders aus. Erstens sein klarer Verstand und zweitens die Fähigkeit jeden wie immer nur gearteten Trick, der ihn dazu bringen sollte, zum Haftrichter zu gehen, auf den ersten Blick zu durchschauen.

Der Oberstaatsanwalt sah auf irgendeine Weise heute besonders grimmig aus, befand Twiete. So wie in alten Zeiten, als jedermann sich gewaltig vor ihm fürchtete. Seine Ausbrüche, wenn ihm irgendetwas nicht behagte, waren legendär. Auch sein Hinübergleiten ins Plattdeutsche, wenn er besonders wütend war, konnte nie darüber hinwegtäuschen, dass für den Angesprochenen höchste Gefahr in Verzug war. Heiko Hauen sah also heute besonders grimmig aus. Vielleicht war es aber auch nur der Kummer oder Zorn über den Anschlag auf Herdenbein, der sich in seine Gesichtszüge geschrieben hatte.

„Nun lassen Sie einmal hören, Herr Twiete, was Sie schon ausklamüstert haben."

Was sollte in dieser kurzen Zeit schon herausgekommen sein, fragte sich der Kommissar?

„Nur zu!"

Twiete schwieg. Maren sah ihm die Sprachhemmung an und flüsterte ihm zu, dass er einfach nach den ‚W-Fragen' vorgehen solle.

„Also wann? Tatzeit am Donnerstag, dem 30. Juni 2005, um 15.15 Uhr. Wo? B 76, Umgehungsstraße von Preetz in Höhe der Windkraftanlage. Was ist geschehen? Das Kraftfahrzeug von KHK a. D. Jens Herdenbein wurde in die Luft gesprengt und zum größten Teil zerstört. Der KHK wurde als Fahrzeugführer identifiziert und sofort in die Klinik nach Preetz gebracht. Wie wurde vorgegangen? Der Anschlag wurde mittels Sprengstoffs durchgeführt. Wer ist der Täter? Zum jetzigen Zeitpunkt liegen keine Erkenntnisse vor. Wir haben insgesamt zwölf Verdächtige im Visier, die auf Grund ihrer Vergangenheit, ihres Verhältnisses zum Geschädigten und ihrer eventuellen Fähigkeiten für die Tat in Frage kommen. Das ist die einzige Spur, die wir im Augenblick verfolgen. Ehrlicherweise muss ich zugeben, dass diese Spur falsch sein kann."

Sprenz und Ketels nickten anerkennend, der Oberstaatsanwalt runzelte die Stirn.

„Durch diesen Berg von Akten haben Sie sich durchgefressen?"

Jochen und Maren nickten. Was sollte diese Frage?

„Ich werde die Akten mitnehmen und auch noch einmal durchwühlen."

Die beiden Kommissare, aber auch Sprenz, sahen Hauen entsetzt an. Der bemerkte ihre bestürzten Blicke.

„Nein, nein, nein! Nicht was Sie jetzt denken!", er lachte, „ich weiß, dass ich Ihnen trauen kann."

Er lächelte sie noch einmal an.

„Ich habe mir nur gedacht, bei diesem großen Berg wäre es einfach gut, wenn noch einer mitarbeitet. Wenn sich noch ein dritter Profi um diese Gauner kümmert. Das soll keine Kontrolle sein, um Himmels willen, nein! Ein bisschen mehr Sicherheit und ein wenig Hilfe von mir. Für unseren Freund Herdenbein."

Ketels und Twiete signalisierten Zustimmung, wenn auch keine Begeisterung.

„Ich lasse sie mir heute noch bringen. Vielen Dank, Frau Ketels, vielen Dank, Herr Twiete. Schönen Tag, viel Erfolg und auf Wiedersehen."

Heiko Hauen trollte sich und ließ drei Kommissare zurück, die sich fragten, was in den Oberstaatsanwalt gefahren war.

„Fangen wir an, uns die Verdächtigen zur Brust zu nehmen", meinte Sprenz lakonisch.

*

Nadja Schlemm war eine höchst bemerkenswerte Frau. Eine Frau mit Vergangenheit. Eine Frau, die nach einem entsetzlich verpfuschten Lebensabschnitt in der Lage gewesen war, wieder gesellschaftliche Höhen zu erklimmen. Da sie dem Beruf einer Pädagogin – auf Grund eben dieser Vergangenheit – nicht mehr auszuüben in der Lage gewesen war, hatte sie das kleine, angesparte Vermögen sowie ein unerwartetes Erbe dazu benutzt, um in einer fremden Stadt eine vollkommen andere Existenz aufzubauen.

Sie war eine schöne Frau, um nicht zu sagen: Eine Schönheit! Ihr Gesicht war geprägt von großer Ebenmäßigkeit, wobei die etwas stärker ausgeprägten Wangenknochen einen leicht slawischen Eindruck vermittelten. Diesen Eindruck verstärkte sie noch durch perfektes Schminken und gab damit ihrem Gesicht einen unverwechselbaren Charakter. Über großen, ausdrucksvollen Augen wölbten sich in kühnem Bogen die dunklen Augenbrauen. Die Lider darunter waren zumeist dunkelblau getönt, die vollen Lippen zeigten sich in einem kräftigen Bordeauxrot. Ihr Friseur hatte die blonden, mit dunklem Rot gesträhnten Haare kunstvoll geschnitten.

Nadja Schlemm war schlank. Ihre gute Figur betonte sie durch entsprechende Kleidung.

Zu ihrem blendenden Aussehen kamen Eigenschaften hinzu wie eloquent, kommunikativ, stilsicher, intelligent und geschäftstüchtig.

Sie war zweiundfünfzig Jahre alt und lebte allein.

Nach allem könnte man abschließend feststellen, dass sie mit beiden Beinen fest im Leben stand und sie nichts – nach endgültiger Bewältigung ihrer historischen Lebenskrise – aus der Bahn werfen konnte. Genau diese Einschätzung hatte sich auch Nadja Schlemm zu Eigen gemacht. Bis sie an diesem Morgen in ihrem Geschäft den Anruf ihres Rechtsanwalts erhielt, der eine verborgene Seite ihres Lebens mit Gewalt hervorbrechen ließ, eine Art Sehnsucht, die sie normalerweise wunderbar zu unterdrücken verstand.

Die morgendlichen Abläufe während einer Arbeitswoche waren ritualisiert: Nach der zeitaufwändigen Morgentoilette nahm sie einen Toast, zumeist mit Marmelade oder Schinken, zu sich. Sie gönnte sich zwei Tassen eines sehr starken Kaffees, überprüfte im großen Spiegel auf dem Flur noch einmal ihr Äußeres, um dann die stilvoll eingerichtete Wohnung zu verlassen und mit ihrem Wagen in die Innenstadt Braunschweigs zu fahren. Die Parkplatzsuche gestaltete sich des Öfteren schwierig, da die Fußgängerzonen in der Nähe lagen. Heute, am Sonntag gab es diese Probleme jedoch nicht. Ihren alltäglichen Gewohnheiten folgend achtete sie genau darauf, möglichst eine Stunde vor Öffnungsbeginn in ihrem Geschäft am Kohlmarkt zu erscheinen. So auch an diesem Morgen. Kurz vor neun Uhr betrat sie ihre exquisite Boutique. Zuerst inspizierte sie mit wachem Blick die zwei übersichtlich und geschmackvoll eingerichteten Verkaufsräume, um etwaige Misshelligkeiten des Samstags noch beseitigen zu können, dann betrat sie den hinteren Raum, das Büro, kochte sich dort einen weiteren Kaffee und las an den Wochentagen bis zehn Uhr gründlich die Zeitung.

Es waren drei Zufälle, die ihr Leben an diesem Sonntag in andere Bahnen lenken sollten. Zum einen wäre sie ab Wochenbeginn nicht mehr in Braunschweig gewesen, da sie vorhatte, nach einigen hektischen Wochen ein paar Tage in die Lüneburger Heide zu fahren, um sich ein wenig Erholung zu gönnen. Im Urlaub war sie grundsätzlich nicht telefonisch zu erreichen. Zum anderen war ihr Rechtsanwalt Dr. Bechtle nur im Besitz ihrer geschäftlichen Telefonnummer. Und letztens hatte sie sich an einem Sonntag – das kam nur sehr selten vor – in ihre Boutique begeben.

Etwas irritiert nahm sie deshalb auch den Hörer ab, als das Telefon klingelte. Wer sollte sie an einem Sonntag in ihrem Geschäft anrufen? Es war Rechtsanwalt Bechtle, der ihr mitteilte, dass er von einem schweren Unfall gehört habe, wahrscheinlich sogar ein Attentat, und in dieses sei eventuell der Kommissar, dem sie sich doch sehr verbunden fühlte, involviert. Es waren nur wenige Einzelheiten, von denen er berichten konnte. Sie bedankte sich kurz für seine freundliche Information.

In Wirklichkeit war Nadja Schlemm wie vom Donner gerührt. Mehr noch, sie ahnte, nein sie wusste mit Bestimmtheit, nur Jens Herdenbein konnte jener Kommissar sein, der auf der Umgehungsstraße einer schleswig-holsteinischen Kleinstadt einem Bombenanschlag zum Opfer gefallen war. Auch später konnte sie sich oder auch anderen gegenüber niemals erklären, woher sie diese Gewissheit genommen hatte. Aber sie verließ sich nicht nur auf ihre Eingebung, dazu war sie auch viel zu sehr Geschäftsfrau. Als der erste Schock abzuklingen begann, schenkte sie sich eine weitere Tasse Kaffee ein, zündete sich eine Zigarette an und gab sich dann ihren abwägenden Überlegungen hin. Sie versuchte Logik und zielgerichtete Klarheit in ihre aufgewühlte Gedankenwelt hineinzubringen. Ließ sie sich von einer Einbildung leiten? Erwachte etwa recht spät Mütterlichkeit in ihr? Gab sie sich einer falschen Kombination hin? Konnte sie sich auf ihre Intuition verlassen?

Nadja Schlemm war sich schließlich ihrer Gewissheit sicher, dennoch rief sie noch einmal ihren ehemaligen Rechtsanwalt in Kiel an und bat ihn herauszufinden, wer der verunglückte Kommissar gewesen war. Wie auf glühenden Kohlen sitzend, wartete sie auf seinen Rückruf. Es dauerte. Als endlich das Telefon läutete, riss sie den Hörer hoch und horchte den Ausführungen von RA Bechtle. Weder Polizei beziehungsweise Bezirkskriminaldirektion noch Staatsanwaltschaft hatten sich als auskunftsfreudig erwiesen. Bechtle war schließlich auf die ‚Linde' in Grebin gekommen und hatte mit der Wirtin gesprochen. Die grauenhafte Vermutung fand hier ihre traurige Bestätigung.

„Ich habe Frau Steinwede erzählt, dass Sie mich zu dieser Erkundigung beauftragt haben, werte Frau Schlemm. Frau Steinwede lässt Sie durch mich wissen, falls Sie willens sind, nach Schleswig-Holstein zu fahren, möchten Sie in die ‚Linde' kommen."

„Ich danke Ihnen, Herr Dr. Bechtle."

„Werden Sie nach Grebin fahren?"

„Ja!"

„Dann wünsche ich Ihnen alles Gute, Frau Schlemm. Ich hoffe, dass nicht das Schlimmste für Herrn Herdenbein eingetreten ist. Auf Wiederhören."

Die Entscheidungen, die sie jetzt traf, waren Ausdruck ihres Willens und Einleitung zu tatkräftiger Hilfe. Hilfe für Herdenbein. Und sie traf ihre Entscheidungen sehr schnell.

Ihre zuverlässige Mitarbeiterin wurde freundlichst herbeordert und dann gebeten, das Geschäft nicht nur in der nächsten Woche, sondern eventuell auch für einen längeren Zeitraum allein zu führen. Die Bücher wurden kurz noch einmal durchgeschaut und Absprachen getroffen. Über diverse Bestellungen, Aufträge und Auslieferungen wurde geredet, dann verließ Nadja Schlemm – durchaus beruhigt – das Geschäft und fuhr in ihre Wohnung zurück.

Sie benötigte ein gute halbe Stunde, um das Nötigste zusammenzupacken. Dann verließ sie mit einem Koffer mittlerer Größe eilig ihr Heim, setzte sich in ihren neuerworbenen, metallic-roten Volvo und fuhr auf die Stadtautobahn. In Braunschweig-Nord schwenkte sie auf die A 2 ein, um beim Kreuz Hannover-Ost auf der A 7 weiter nach Hamburg zu fahren. Kurz vor Maschen entschied sie sich dann gegen den Elbtunnel und für die A1 in Richtung Lübeck.

Etwas mehr als zweieinhalb Stunden benötigte sie für die Autobahnfahrt.

Im Voss-Haus in Eutin machte sie eine kurze Pause, um eine kleine italienische Nettigkeit zu sich zu nehmen und ihre Gedanken noch einmal zu ordnen.

Seit dem Tod ihres Lebensgefährten im Jahr 1995, also seit genau zehn Jahren, hatte es für sie keinen Mann mehr gegeben, dem sie sich nahe fühlte, mit dem sie eine neue Beziehung aufbauen wollte. Wenn man einen Menschen – und dazu noch einen geliebten – umgebracht hatte, überlegte man es sich sehr genau, ob man sich dem Risiko einer neuen, emotionalen Verbindung noch einmal stellen sollte. Nadja Schlemm hatte sich gegen eine erneute Beziehung entschlossen. Allerdings auch aus einem anderen und zwar gewichtigen Grund. Sie hatte sich – während der Haftzeit und auch nach der Entlassung – nur noch einem Mann gegenüber vertraut gefühlt. In ihren Gedanken und Sehnsüchten war er ihr Leben, hatte diesem Halt gegeben. Er, der Lebensretter, der Sinngeber, ja schon beinahe der geliebte Übervater: Jens Herdenbein. Und der sollte … ? Nein! Als sie die Bestätigung von RA Bechtle erhalten hatte, wusste sie in aller Bestimmtheit, ihr Platz musste dort sein, wo er mit dem Leben oder dem Tode rang. Und sie hatte sich entschieden. Diese Entscheidung war ihr nicht schwer gefallen, war gewissermaßen folgerichtig gewesen.

Was für eine Frau!

Auf der Fahrt bis Lübeck waren ihr jene Stationen ihres Lebens, die Herdenbein tangierten, klar und schon schneidend deutlich vor Augen getreten: Ihr Mord am Lebensgefährten und die dann von Herzen herbeigesehnte Verhaftung. KHK Herdenbein war es gewesen. Sie empfand vom ersten Augenblick an sein Auftreten als Rettung. Rettung vor sich selber, vor den Albträumen und dem Gewissen. So war sie dankbar gewesen, dass er gekommen war und später auch immer noch kam. Sie in der Untersuchungshaft besuchte, beim Prozess dabei war und auch nach der Verurteilung immer wieder einmal ‚vorbeischaute', wie er sich auszudrücken pflegte. Sie hatten im Briefwechsel miteinander gestanden, wenn auch nur sporadisch. Nach der Haftentlassung hatten sie sich im Marktcafé in Plön wiedergesehen und sie hatte ihren Beitrag zur Aufklärung eines Falles, mit dem er gerade beschäftigt war, beisteuern können. Auch in Braunschweig, wieder in einem Café, hatten sie sich getroffen und sie konnte dem sonst so erfolgreichen Ermittler aus Schleswig-Holstein einen ‚fachlichen' Rat bei einer Mordgeschichte liefern. Im Plöner Café hatte sie ihm zudem das Grundstück am Schluensee zum Kauf angeboten, das er dann später zur Pacht annahm.

Manchmal erwischte sie sich sogar bei dem Gedanken, immer in der Nähe dieses Menschen sein zu können. Würde sie ihre Boutique aufgeben können, fragte sie sich dann? Ihre neue Existenz? Wäre es mir das wert? Und wenn sie sich die Frage schließlich positiv beantwortete, verdrängte sie diese Antwort augenblicklich.

*

„Haben Sie eine Liste der Verdächtigen?", wurde Twiete vom Ersten gefragt.

„Aber natürlich, Chef!"

„Und die Vorjehensweise?"

„Das kommt drauf an, ob Sie bei den Überprüfungen mitmachen."

„Und wenn ick mir dazu entschließe", Sprenz grinste breit.

„Dann hätten wir weniger Arbeet", antwortete Maren.

Alle drei lachten.

Sie hatten das Büro gewechselt und saßen jetzt zu dritt im Kabuff. Twiete mit Sprite in der Hand, Maren mit einer Tasse Kaffee und der Erste Kriminalhauptkommissar an Herdenbeins ehemaligen Schreibtisch.

Eine unbarmherzige Hitze strömte durch das geöffnete Fenster herein und ließ den Schweiß strömen. Zuerst hatten sie bei geschlossenem Fenster versucht zu arbeiten. Es war nichts dabei herausgekommen. Wie gelähmt hingen sie auf ihren Stühlen über den Schreibtischen. Twiete hatte gemeint, dass seine Gedanken einfach im Hirn kleben blieben. Aber das nun geöffnete Fenster hatte zumindest den Vorteil, dass sich die Gerüche in Grenzen hielten.

Twiete holte aus der Schublade seines Schreibtisches die bereits kopierte Liste der von ihnen Verdächtigten hervor und gab Jakob Sprenz ein Exemplar.

„Tja, die laufen einem immer wieder über den Weg“, meinte der Erste und schüttelte dabei seinen Kopf.

„Ha, der Goldinger ist dabei. Pfizer darf auch nie fehlen“, er schüttelte erneut seinen Kopf.

„Und den Muthesius habt ihr herausgesucht. Sach ich euch jetzt schon, der wird die härteste Nuss.“

Jochen und Maren sahen Sprenz verwundert an.

„Ja, ja, den kennen Sie nicht, war vor Ihrer Zeit. Oberbösewicht, der macht sich seine Finger meistens nicht selbst schmutzig und steckt doch überall drin. Andererseits, in den letzten Jahren hab' ich nischt von ihm jehört. Naja, das sagt überhaupt nix.“

Da die beiden Kommissare immer noch fragende Gesichter machten, bequemte sich Sprenz zu einer weiteren Erklärung.

„Herdenbein hat ihn vor Jahren so richtig belauert. Monatelang. Und dann voll zugeschlagen. Der Muthesius kam für Jahre hinter Gitter. Nichtsdestoweniger müsste er schon lange wieder draußen sein. Hab' mich nischt mehr um ihn jekümmert. Der muss in der Zwischenzeit aber een reicher Bonze jeworden sein. Hab' ich läuten jehört. Den könnt ihr euch einmal vornehmen, müsst ihm auf den Zahn fühlen. Mal sehn, was dabei rauskommt. Aber der ist ein harter Brocken.“

Jakob Sprenz ließ sein meckerndes Lachen vernehmen.

„Zwölf durch drei macht vier. Also jeder nimmt sich vier von diesen Unterweltgrößen vor, dann schaffen wir das in zwei Tagen. Okay? Wir gehen nach dem Alphabet vor. Ich nehme Becker, Determann, Goldinger und Holthusen, ihr die übrigen.“

Der Erste verließ das Kabuff. Zwei sich überfahren fühlende Mitarbeiter blieben zurück.

*

Nadja Schlemm war noch nie in Grebin gewesen, auch nicht vor 1995, also vor dem ‚Unfall'. Sie parkte ihren Wagen auf dem großen Parkplatz vor der ‚Linde' und betrachtete neugierig das alte Gasthaus mit den sechs großen Linden. Das Gebäude gefiel ihr sehr gut. Es war alt, aber sehr gepflegt. Die Sitzgruppen unter den alten Bäumen luden zum Verweilen ein. Sie ging zum Hauseingang und stellte fest, dass dieser verschlossen war. Da sie von Eutin aus ihr Kommen telefonisch mitgeteilt hatte, wusste sie, dass sie erwartet wurde. Sie klopfte kräftig an die Tür und hörte dann auch nach wenigen Augenblicken Schritte, die eine Treppe herunterzuschreiten schienen. Erwartungsvoll, gespannt und gleichermaßen mit mulmigem Gefühl erwartete sie das Öffnen der Tür.

Margit Steinwede öffnete und bat die Fremde in die Gaststube.

Wahrlich eine Begegnung der besonderen Art. Beide Frauen hatten über Herdenbein voneinander erfahren. Und sich selbstverständlich ein Bild gemacht, das dann – wie üblich bei solchen Gedankengebilden – der Realität einfach nicht standhalten konnte. Sie standen vor dem Tresen und einander gegenüber. Eine kurze Pause entstand, die keineswegs peinlich war. Nein, die mehr dem Ausloten zuzuordnen war, wie man miteinander umzugehen hatte.

Der unvoreingenommene Betrachter sah zwei Frauen vor sich, die von ihrer äußeren Erscheinung nicht unterschiedlicher sein konnten. Margit, fünfundfünfzig Jahre alt, groß, eine schlichte, wenn auch gepflegte, norddeutsche Erscheinung mit leichtem Silberblick und Nadja, die gestylte, urbane Geschäftsfrau.

Zwei Frauen standen sich gegenüber, deren Leben im weitesten Sinne bis zu diesem Tag von Jens Herdenbein geprägt worden waren. Und zwar sehr gegensätzlich: Da gab es jene Frau, die mit ihm gelebt hatte und die andere, die in dieser Zeit von ihm träumte.

Und genau das war auch der erste Gedanke Nadja Schlemms: ‚Diese Glückliche lebt seit zehn Jahren mit dem Mann zusammen, von dem ich nur immer träumen konnte.'

Margit Steinwedes erster Gedanke war bodenständiger: ‚Diese Mörderin habe ich mir bisher immer anders vorgestellt.'

Und intuitiv wussten beide Frauen, was die jeweils andere von ihnen dachte.

Und pragmatisch, wie sie beide waren, gingen sie nach dieser kurzen ‚analytischen' Pause aufeinander zu, umarmten und tüscherten sich.

Oh, da fällt uns aber ein Stein vom Herzen!

Nachdem Margit ausführlich vom derzeitigen Stand Herdenbeinscher Gesundheit berichtet hatte und damit Nadja Schlemms entsprechende Sorgen etwas dämpfen konnte, erzählte diese von ihrem morgendlichen Erschrecken beim Anruf des Rechtsanwaltes. Ihrer Bitte an Dr. Bechtle, etwas genauer zu recherchieren und ihrer spontanen Entscheidung, sofort in den Norden aufzubrechen.

Die anfänglich vorhandene und ja nur zu natürliche Zurückhaltung der beiden Frauen nahm im Laufe des weiteren Gesprächs immer mehr ab, ja, machte einer gewissen Vertrautheit Platz, die darin gipfelte, dass die Wirtin Nadja Schlemm das Gästezimmer anbot. In Folge dessen konnte diese nicht nur nach Preetz in die Klinik fahren, sondern war auch der Mühe entbunden, sich daran anschließend noch um eine Übernachtungsmöglichkeit in Plön kümmern zu müssen. Gleichermaßen waren sie übereingekommen, am Abend, nach Schließung der ‚Linde', ein weiteres Gespräch zu führen.

Und es schien ihnen ein ehrliches Anliegen zu sein!

Wie sollte dieses Arrangement zu deuten sein?

Nach einer doch recht nervösen Fahrt ins Krankenhaus und der dann Gott sei Dank beruhigenden Auskunft der Ärzte Rechtenberg und Schlinger, fuhr Nadja Schlemm ermutigt nach Grebin zurück. Sie hatte sich als alte Freundin von Jens Herdenbein vorgestellt – eine Lüge? – und war so in den Genuss dieser Auskunft gelangt.

Nach Einrichtung des Gästezimmers und eines längeren Aufenthalts in Herdenbeins Urwald hinter dem Haus, hatte Nadja Schlemm schließlich die Gaststube aufgesucht und erregte auf Grund ihres raumbeherrschenden Auftretens und ihrer ansprechenden slawischen Schönheit einiges Aufsehen unter den anwesenden Grebinern und Feriengästen.

Schließlich verließ auch der letzte Gast mit einem letzten Blick auf Nadja die Wirtsstube und Margit konnte die ‚Linde' dichtmachen.

Es wurde ein sehr langer und teilweise auch tränenreicher Abend. Eine Frau, die Jens Herdenbein verloren hatte und die andere, die sich im Niemandsland von Hoffnungen und Wünschen aufhielt. Margit erzählte – von einem ihr bisher unbekannten Drang erfüllt – vom Kennen- und Liebenlernen dieses merkwürdigen Kieler Kriminalhauptkommissars, der vor genau zehn Jahren in ihr Leben eingedrungen war. Sie berichtete stockend und traurig von einer immer stärkeren Entfremdung in den letzten Jahren, die schließlich dazu geführt hatte, dass der Inspektor immer längere Abschnitte seines Lebens auf dem Grundstück am Schluensee verbrachte. Eigentlich, von der Winterzeit und gelegentlichen Epiphanien im Krug abgesehen, die ganze Zeit des Jahres dort verbrachte. Im Großen und Ganzen hatte es keine tiefergreifenden oder gar den anderen verletzenden Auseinandersetzungen gegeben. Das Auseinanderdriften geschah mehr peu à peu. Sie führte den emotionalen und räumlichen Rückzug auf die unterschiedlichen Jobs und die damit verbundenen Lebensanschauungen zurück.

Die beiden unterschiedlichen Frauen nippten an den Weingläsern und schwiegen geraume Zeit.

„Wir sind Freunde, wirklich gute Freunde", beendete Margit ihre Erklärungen.

Nadja betrachtete die Wirtin lange. In ihr schien ein Entschluss zu reifen. Dann: „Wissen Sie, Margit, es ist mir nicht ganz klar, wie ich das, was ich sagen möchte, in die richtigen Worte kleiden soll. Ich rede einmal ganz ungeschützt, als Schüler hätten wir gesagt, in Kladde."

Margit schaute Nadja erstaunt und erwartungsvoll an und nickte dann mit dem Kopf.

„Jens Herdenbein und mich verbindet zuerst einmal eine Straftat. Aber schon als er mich verhaftete, er wird Ihnen das alles erzählt haben, war ich ihm gegenüber von großer Dankbarkeit erfüllt. Ein Albtraum ging für mich zu Ende. Er beendete ihn! Seine Besuche im Gefängnis und seine Briefe haben mir Mut, Lebenswillen und sehr viel Kraft geschenkt. Wir haben uns nach meiner Entlassung in Plön getroffen und ich habe ihm einen Tipp geben können. Und Jens Herdenbein hat mich während seiner Ermittlungen bei irgendeinem ungelösten Fall in Braunschweig aufgesucht und um meine Hilfe gebeten. Margit, Sie können sich nicht vorstellen, wie dankbar ich war, ihm helfen zu können. Im Laufe der Zeit, zuerst in Berlin, dann in Brandenburg und schließlich in Braunschweig ist mir immer deutlicher geworden, was dieser Mann für mich bedeutet. Er hatte meinem Leben eine Wendung und damit auch Sinn gegeben. Ich verehre ihn, wie ich keinen Menschen bisher verehrt habe. Wenn es in diesem Augenblick und in dieser Situation nicht zu blöd klänge, könnte ich auch sagen, dass ich Jens liebe."

Margit Steinwede schien nicht erstaunt zu sein, vielmehr mit dem Auftreten dieser fremden Frau etwas Ähnliches erwartet zu haben.

Umso erstaunter sind wir über diese Entwicklung!

*

„Eigentlich wollte ich ja wieder diesen Dom Pérignon trinken. Sie wissen schon, diesen furchtbar teuren Champagner von 1995, aber das kann ich ja nun wohl nicht mehr. Der ist doch tatsächlich nicht umgekommen, dieser Herdenbein. Vorgestern hab' ich ja noch 'ne Flasche geköpft und gestern hör ich, der lebt. Was sagt man dazu? Ich streng mich auf Teufel komm raus an und was is? Der Inspektor lebt. Und wie ich gehört hab, der ringt nich mal mit dem Tod. Da hab ich wohl reinweg Scheiße gebaut. War zu schwach, der Sprengsatz. Is natürlich auch nich mein Metier. Ich bin ja mehr für das Feinere. Hahaha! Also, unter Druck setzen und so, Sie verstehen mich schon! Oder is der Herdenbein einfach zu zäh? Als der hinter mir her war, der blieb dran. Und nun, bleibt er wieder dran, am Leben! Also wie dem auch sei, mit dem Pérignon is nich mehr. Ich trink jetzt den Petrus. Is auch noch teuer. Kennen Se nich? Französischer Bordeaux! Ha! Weiß ich doch, Bordeaux is immer französisch. Musste ich auch erst lernen. Ne ganze Kiste hab ich davon billig erstanden. War natürlich auch teuer. Hab ich aber billiger gekriegt. Ich krieg alles billiger!

Was ich sagen will: Nach dem Reinfall kann ich den Champagner nich mehr trinken, aber was Gutes muss es trotzdem sein. So als Ausgleich für den Frust. Vielleicht hilft der mir über den Kummer hinweg. Ja, ich bin ganz unglücklich. Ich hab versagt. Also ganz ehrlich, dieser Wein, dieser Bordeaux, irgendwie schmeckt der sauer, oder? So'n Rheinwein oder so einer von der Mosel, so'n lieblicher, schmeckt irgendwie besser. Aber ich sag immer, wer was Gutes genießen will, muss eben manchmal leiden. Herdenbein leidet, also leide ich auch. Hahaha! Na, hoffentlich leidet der wenigstens so richtig. Gebrochene Knochen stell ich mir vor. Schöne innere Verletzungen. Also solche Sachen, von denen er lange etwas hat, bis an sein Lebensende. Ja, das is gut! Auf ewig behindert!

Heute war die Polizei da, die Kripo. Zwei junge Schnösel. Männlein und Weiblein. Er so'n Schlacks, mit Pferdeschwanz. Ich bitte Sie, bei der Polizei! Und sie, lecker, mit toller Figur. Die wär schon was! Hab die beiden aber an der Haustür abgefertigt. Keine Zeit, hab ich gesagt. Mit so was geb ich mich doch nicht ab! Ich doch nich! Kommen wieder, haben die gesagt. Na und? Sollen die doch, aber da mach ich die fertig!"

*

Herdenbein wachte auf. Wieder einmal. Er wusste manchmal nicht, wo er war. Immer wieder fragte er danach. Er meinte auch, bei jeder Frage eine Antwort erhalten zu haben. Aber er vergaß die Auskunft, die er erhalten hatte. Warum eigentlich?

Er wendete unter Mühen seinen Kopf. Schleierhaftes Grau. Ein Bettende. Nicht das Bett am Schluensee, auch nicht das im Krug. Alles war so fremd, unpersönlich. Krankenhaus. Richtig, sie hatten vom Krankenhaus gesprochen. Er war in einer Klink. Aber warum? War er krank? Er spürte keine Schmerzen, im Gegenteil. Er fühlte sich wie in

Watte gebettet. Fühlte sich eigentlich wohl. Unnatürlich wohl. Man muss doch irgendwelche Glieder fühlen oder die Schusswunde im Bein, die immer wieder Schwierigkeiten machte. Nichts! Medikamente? Richtig, sie hatten von Medikamenten gesprochen, von Schmerzen, die er hatte, aber gar nicht fühlte. Er war also im Krankenhaus und wusste nicht warum und hatte Schmerzen, die er nicht fühlte. ‚Ich muss dem auf den Grund gehen', dachte er. Aber wie sollte er das anstellen? Klingeln. In einer Klinik gibt es immer eine Klingel. Hatte er eine Klingel in der Hand? Er bewegte seine Finger. Nein, das funktionierte nicht.

Plötzlich stand jemand an seinem Bett. Eine Schwester? Ja. Dann ein Mann. Ein Arzt? Ja. Beide bewegten die Lippen, aber er musste etwas an den Ohren haben, denn das Einzige, das in sein Bewusstsein drang war ein tiefes Grummeln. Sie machten etwas mit ihm. Lächelten, das konnte er wahrnehmen. Nickten mit dem Kopf. Zufrieden? War das ein zufriedenes Nicken, ein aufmunterndes Lächeln? Bestimmt.

Jens Herdenbein glitt wieder einmal in Morpheus wohlig umschlingende Arme.

*

„Der packt es wirklich gut", stellte Schwester Edelgard mit sichtlicher Freude fest.

„Ja, der Herdenbein ist ein äußerst zäher Kerl'", bestätigte Dr. Rechtenberg die Einschätzung der Nachtschwester.

„Vielleicht sollte man die Medikamentierung ab morgen wieder etwas zurückfahren?", fragte die Schwester.

„Ist das ein Befehl?", antwortete der Operateur lächelnd.

„Nur eine Einschätzung, lieber Doktor", meinte Schwester Edelgard, ebenfalls lächelnd. „Ich würde mir niemals anmaßen, Ihnen gegenüber eine Empfehlung auszusprechen, selbst wenn ich diese für zwingend haltend würde."

„Gut", erwiderte der Doktor, „gehen wir in mein Dienstzimmer und besprechen die Dosierung der Medikamente für den neuen Tag."

Beide verließen zufrieden Herdenbeins augenblickliche Ruhestätte.

Nicht seine letzte!

4.
Recherche

5. Tag; Montag, 4. Juli 2005

Als die Kommissare am Morgen ihr Dienstzimmer betraten, stellten sie fest, dass der Erste schon dagewesen war, denn die Kieler Nachrichten lagen aufgeschlagen auf Twietes Schreibtisch. Ihnen war augenblicklich klar, dass die Zeit der Zurückhaltung, um die man seitens der Direktion gebeten hatte, abgelaufen war. Immerhin waren vier Tage seit dem Attentat vergangen und man hatte den Zeitungen auch nichts anbieten können, das einen fortschreitenden Aspekt bei der Aufklärung des Falles deutlich gemacht hätte. Also würde, wie immer, ‚lat' seine berühmt-berüchtigten Fragen stellen. Und es würde nicht bei den Fragen bleiben, das war ihnen auch klar. Bisher hatten die KN nur am Samstag eine kurze Notiz von einem ‚Unfall' auf der B 76 gebracht, die immerhin ja einige Stunden gesperrt werden musste. Da waren die Leser schon an weiteren Details interessiert.

Also, was schrieb Latusseck denn heute?

Montag, 4. Juli 2005 **Kieler Nachrichten**

Explosion auf der B 76

Auto in die Luft geflogen – Anschlag auf Polizei-Kommissar?

(lat) Auf Bitten der Kriminalpolizei Kiel berichten wir erst heute von dem schweren Unglück, das sich am letzten Donnerstag in den Nachmittagsstunden auf der Umgehungsstraße von Preetz, der B 76, zugetragen hat.

Auf der zu dieser Zeit wenig befahrenen Straße bewegte sich ein blauer Golf aus Plön kommend, als das Fahrzeug plötzlich von einer starken Explosion zerrissen wurde.

Eine nach kurzer Zeit eintreffende Autofahrerin reagierte beherzt und zog den schwerverletzten Fahrer aus dem brennenden Fahrzeug. Anschließend benachrichtigte sie Feuerwehr und Polizei.

Der Mann, dessen Identität zunächst unbekannt blieb, wurde ins Kreiskrankenhaus nach Preetz gebracht. Die Spurensicherung der Polizei war ungewöhnlich lange mit den Untersuchungen beschäftigt, so dass die Straße stundenlang gesperrt blieb.

Auf Nachfragen der KN gab der Erste Kriminalhauptkommissar von der Bezirkskriminaldirektion Kiel, Jakob Sprenz, schließlich zu, dass es sich bei dem Fahrer des Unglückswagens um den bekannten Kommissar a. D. Jens Herdenbein handele. Zu weiteren Angaben sah er sich nicht in der Lage. Auch Oberstaatsanwalt Hauen als oberste Ermittlungsinstanz äußerte sich nur sehr zurückhaltend. Man wolle die laufenden Untersuchungen nicht gefährden.

All das nährt den Verdacht, dass die Explosion ein gezieltes Attentat gewesen sein könnte. War es der Racheakt eines „Alten Bekannten", der mit dem Kommissar eine Rechnung begleichen wollte?

Zum Gesundheitszustand des verunglückten Kommissars erhielten die KN von den behandelnden Ärzten der Klinik des Kreises Plön die Auskunft, dass Herdenbein schwer verletzt sei. Äußere und innere Verletzungen seien gravierend, jedoch zum jetzigen Zeitpunkt nicht mehr lebensbedrohend. Allerdings sei der Patient immer noch nicht ansprechbar. So bleiben die Hintergründe des Unglücks bis auf weiteres verborgen.

Jochen und Maren hatten den Artikel überflogen und legten die Zeitung beiseite.

Nun, das hatte alles mehr oder weniger Hand und Fuß, was dieser ‚lat' da schrieb, wenn man von den ‚inneren Verletzungen' einmal absah.

Doch jetzt galt es endlich mehr Informationen vom LKA zu erhalten. Twiete wählte.

„Ich möchte Herrn Korn oder Herrn Astheimer sprechen", er wartete, während Maren gespannt dem Ergebnis der Unterredung entgegensah.

Das Verhältnis der Polizeibeamten der Bezirkskriminaldirektion zu den Mitarbeitern des LKA war nicht das Beste. Die LKA-Leute wurden allgemein als arrogant angesehen. Noch schlechter liefen die Beziehungen zum BKA, dessen Beamte nicht nur als äußerst überheblich galten. Zudem war man in Kiel fest davon überzeugt, dass sie schlichtweg über keinerlei Kenntnisse verfügten, die den provinziellen Gegebenheiten Rechnung trugen und im Fall Schleswig-Holsteins einfach blöd waren, so richtig beknackte Schreibtischpolizisten. Und es gab noch einen weiteren Grund, warum man die BKA-Hengste gerne in Wiesbaden sah und nicht im Land zwischen den Meeren. Sie rissen zu gerne Fälle an sich. Ließen sich zuarbeiten und verbuchten dann die Erfolge als die ihren. Kurzum: Wenn man sie nicht benötigte, hielt man sie gerne auf Abstand. Das war hier beim Fall Herdenbein und dem zuständigen LKA natürlich nicht möglich, da man auf dessen Kriminaltechniker angewiesen war.

Es dauerte.

Twiete klopfte neben der Tastatur seines PCs nervös auf den Schreibtisch.

„Ja, Twiete hier."

„Ja und?"

„Ich warte."

„Worauf warten Sie denn, Sie junger Springinsfeld?", fragte Astheimer.

„Na, Sie sind vielleicht gut. Wir schmoren hier im eigenen Saft und Sie fragen, worauf ich warte. Auf die Ergebnisse der KTU, natürlich."

Es entstand eine kurze Pause.

„Herr Twiete, Sie sollten Ihr Temperament zügeln", antwortete Astheimer und ließ jetzt jeglichen Humor vermissen. „Wir waren vor zwei Tagen bei Ihnen und haben Ihnen bereits die ersten Ergebnisse, nach nur 24-stündiger Untersuchung, mitgeteilt. Wenn Sie vorzeigbare Resultate haben wollen, die Ihnen vor allem bei Ihren Recherchen weiterhelfen, müssen Sie sich schon noch ein wenig gedulden."

„Wie lange?"

„Beim verwendeten Sprengstoff ist alles klar, kein Profizeug. Abschließende Informationen erhalten Sie, wenn auch die anderen Untersuchungen abgeschlossen sind."

„Wann?"

„Nun, der Zünder, beziehungsweise alle Bestandteile dessen, ist unüblich. Einmal ganz abgesehen vom Zustand desselben: Verkokelungen, Verschmelzungen und so weiter. Alles ist etwas komplizierter, als Sie sich das vorstellen, lieber Kollege, keine Routinearbeit."

„Wann?", fragte Twiete zum dritten Mal.

„In drei Tagen."

„Was?"

„In drei Tagen erhalten Sie ein umfassendes Gutachten mit dem Inhalt: Sprengstoff, Zündmechanismus und elektronische Fernsteuerung. Sie wissen dann, wo der Sprengstoff herstammt oder ob er selbst hergestellt wurde. Ob der Zündmechanismus gekauft oder Marke Eigenbau ist, das Gleiche gilt für den elektronischen Auslöser. Ich hoffe, ich konnte Ihre jugendliche Neugier befriedigen."

Astheimer hatte aufgelegt. Twiete hatte es die Sprache verschlagen und seine Verlobte, die mitgehört hatte, schüttelte den Kopf.

„Das sind vielleicht Lahmärsche!", rief Twiete empört aus.

„Weißt du, was mich viel mehr stört, die behandeln uns wie kleine Kinder, die bei ihrem Spiel nicht weiter kommen und Mama und Papa fragen müssen. Und die haben gerade keine Zeit", meinte Maren.

„Trotzdem." Jochen gab sich störrisch.

„Wir sollten uns noch einmal den Muthesius vornehmen, mein Lieber. Der hat uns gestern vor seiner Haustür ziemlich abgefertigt."

„Hat uns auch wie Kinder behandelt", Twiete schmollte noch immer.

„In seinem Haus in Düsternbrook werden wir ihn jetzt nicht vorfinden. Schau in deine Liste, wo ist seine Firma?"

Jochen tat, wie ihm geraten.

„Gaarden-Ost. Auch keine besonders gute Adresse."

„Also los, Twiete, und schmoll nicht rum!"

Sie stiegen in Twietes alten Golf, der in der Legienstraße geparkt war und erstickten schier in der aufgestauten Hitze im Inneren des Wagens.

Davon unbeeindruckt fuhr Jochen los. Zehn Minuten später hatten sie die Firmenadresse von Muthesius erreicht.

Vor Erstaunen fiel ihnen beiden nahezu der Kiefer herunter. Sie blickten sich mit weit aufgerissenen Augen an.

Sie standen vor dem ‚Muthesius-Haus'.

Dass dieses Prachtexemplar von Gebäude aus Stahl, Beton und überwiegend Glas nur zu einem Prozentsatz dem Aufzusuchenden gehörte, konnten sie nicht wissen. Es wäre außerdem bei ihrer bisherigen Recherche und auch der zukünftigen nicht von Bedeutung gewesen.

In der Vorhalle wurden sie schon beim Eintreten von einem livrierten Herrn mit imposanter Ringerstatur fixiert und lässig heran gewunken. Die vorgezeigten Ausweise verursachten ein spöttisches Lächeln und ein leichtes Hochziehen der rechten Augenbraue. Nachdem ihr Anliegen vorgetragen war, erfolgte ein kurzes Telefonat mit anschließender Einweisung zum Gebrauch der Knöpsken im Fahrstuhl. Der ‚Ringer-Herr' schien wohl auch eine rheinische Frohnatur zu sein. Twiete meinte jedoch später, dass er sie wohl mehr verscheißert hätte.

Auch der Fahrstuhl brachte die beiden Kommissare zum Staunen. Die Wände in dunklem Holz, die Türen chromstrahlend und dazu eine angenehme indirekte Beleuchtung.

Der Fahrstuhl hielt im zwölften Stockwerk.

Eine sehr junge und auffallend hübsche Sekretärin mit galaktischen Stöckelschuhen und provozierendem Bauchnabel nahm Ketels und Twiete in Empfang und geleitete sie über dicken braunen Teppichboden durch eine Wohnlandschaft zum Allerheiligsten dieses Hauses. Twiete sollte sich später dahingehend äußern, dass man es weder mit einem Büro noch mit einer Sekretärin zu tun gehabt hätte. Die letztere Bemerkung veranlasste seine Verlobte übrigens, ihn des Chauvinismus zu zeihen.

Die Sekretärin öffnete die Tür zum Chefzimmer und stieß die beiden schier hinein.

Maren und Jochen, die etwa bis zur Mitte des Raumes geschritten waren, wurden ein weiteres Mal in größtes Erstaunen versetzt. Da war das beeindruckende luxuriöse Interieur, die gigantische Fensterfront, die den in dunklen Tönen gehaltenen Raum erhellte und die großen federnden Teppiche auf dem Marmorboden, die jedes Geräusch verschluckten.

Da war Sprachlosigkeit angesagt.

„Nun kommt mal zu Potte!"

Die jungen, ein wenig verwirrten, in jedem Fall sprachlosen jungen Leute zuckten zusammen und drehten sich erschreckt um, als sie hinter ihrem Rücken die polternde Aufforderung vernahmen. Dass außer ihnen noch jemand im Raum anwesend sein könnte, hatten sie in ihrer Verwunderung überhaupt nicht in Betracht gezogen.

„Ich hab wenig Zeit!", donnerte Muthesius sie an.

„Das ist Kommissar Twiete, ich bin Kommissarin Ketels ..."

„Ich hab wenig Zeit", wiederholte Muthesius und erhob sich hinter seinem pompösen Schreibtisch. „Vorgestellt habt ihr euch schon gestern, also?"

„Wie ich Ihnen schon gestern Nachmittag mitgeteilt habe, wir ermitteln im Fall Herdenbein. Kriminalhauptkommissar Herdenbein wurde vor vier Tagen durch einen Anschlag schwer verletzt", fuhr Maren unbeirrt fort.

„Und was könnte ich damit zu tun haben?", fragte Muthesius lauernd.

„Sie gehören zu den Verdächtigen. Sie stehen auf einer Liste, der für dieses Attentat in Frage kommenden Personen", gab Twiete recht patzig zur Antwort.

„Und wann soll dieses Attentat gewesen sein?"

„Am Donnerstag, dem 30. Juni, am Nachmittag", erwiderte Maren freundlich.

„War ich hier im Büro. Am besten fragt ihr gleich meine Sekretärin und dann hat sich's damit."

Muthesius war um den Schreibtisch herumgegangen und baute sich in voller Größe vor ihnen auf.

„Kriminalhauptkommissar Herdenbein ist ein sehr alter Freund von Ihnen", Twiete hatte geflissentlich Muthesius' letzte Bemerkung überhört.

„Ja, da habt ihr Recht. Inspektor Herdenbein ist ein alter Freund von mir. Hat mich vor neun Jahren in den Knast gebracht, der Schlawiner, der Alte. Hat mir aufgelauert, mir ein Ding angehängt und die ollen Knaben vom Gericht haben sich einlullen lassen."

„Sie haben während der letzten Gerichtsverhandlung mehrfach Drohungen gegenüber Herrn Herdenbein von sich gegeben und nach der Urteilsverkündung gegenüber mehreren Personen einen Racheakt angekündigt", wiederum ignorierte Twiete die Äußerungen von Muthesius.

„Wie geht's denn meinem Freund Fliegenbein?"

Aha, er kannte sich in der bezirkskriminalistischen Spitznamengebung aus!

„Gut, er befindet sich auf dem Wege der Besserung", antwortete Maren Ketels knapp.

„Und er würde sich selbstverständlich noch schneller erholen, wenn wir ihm an seinem Krankenbett von der Verhaftung dieses Schweins von Attentäter berichten könnten", grinste Twiete.

Muthesius starrte den Kommissar mit der ungepflegten Ausdrucksweise einen Moment an.

‚Jetzt flippt er aus', dachte Maren.

Doch Muthesius fing an zu lachen. Erst verhalten, dann wurde sein Lachen zu einem Wiehern. Er schritt dabei zur Fensterfront, sah einen Augenblick hinaus und drehte sich dann, wieder ganz beherrscht, um. Muthesius baute sich ein zweites Mal vor ihnen auf und lächelte.

„Ich bin ja soo besorgt um meinen alten Freund. Wenn ihr ihn das nächste Mal besucht, grüßt ihn von mir, sagt ihm, dass ich für sein Wohlergehen, für seine Gesundung bete. Sagt ihm, dass sein Freund Muthesius ganz traurig ist über das, was geschehen ist. Wisst ihr, ich werde ihm Blumen schicken. Mag der Herdenbein Marzipan? Wisst ihr nicht? Ich werde ihm feinstes Lübecker Marzipan schicken, diesem Herdenbein, diesem alten Freund. Ja, das mach ich. Alles klar?"

Twiete ging auf Muthesius' Sarkasmus nicht ein und wiederholte vielmehr seine Anschuldigung.

„Du junger Schnösel, du, das ist eine alte Geschichte, eine uralte Geschichte und wir schreiben jetzt das Jahr 2005."

„Eine Drohung bleibt eine Drohung", stellte Kommissarin Ketels fest.

„Nun mach's mal halblang!", rief Muthesius aus, „wisst ihr Bullen eigentlich, mit wem ihr es zu tun habt? Habt ihr gestern mein Haus in Düsternbrook gesehen? Und habt ihr nicht bemerkt, in welchem Palast ihr euch hier befindet? Guckt euch mein Büro an! Das alles ist kein Schappschiet, das ist Lebensart. Das hab' ich mir in fünf Jahren wieder aufgebaut. Ja glaubt ihr bescheuerten Weihnachtsmänner denn, dass ich das alles in Frage stelle für so'n blöden Akt von Rache? In meiner Position? Denkt mal schön nach! Und wenn ihr das gemacht habt und ihr habt dann noch eine Frage, dann könnt ihr meinetwegen noch mal wiederkommen. Und jetzt ist Schluss! Verschwindet! Und da ihr ja so wenig nachdenkt, von mir noch ein gut gemeinter Tipp: Fragt meine Sekretärin nach meinem Alibi. Is allens klor? Gut, dann raus mit euch!"

Muthesius drängte sie zur Tür hinaus und ließ diese hinter ihnen mit gewaltigem Krachen ins Schloss fallen. Die beiden Kommissare waren schon ein wenig frustriert, aber nicht derart, dass Maren vergessen hätte, die Sekretärin nach dem Alibi ihres Chefs zu fragen. Selbstverständlich wurde dieses – wer hätte auch etwas anderes erwartet? – bestätigt.

Im Auto echauffierte sich Twiete dann gewaltig, und nicht nur wegen der Hitze!

„Das war das dritte Mal, dass wir wie die kleinen Kinder behandelt wurden. Erst dieser humorlose LKA-Knilch, dann der piekfeine Empfangs-Ringer und jetzt noch dieser stinkreiche Muthesius. Ich brauch unbedingt etwas zum Essen."

Die letzte Bemerkung deutete ganz stark darauf hin, dass ein Frust-Essen für Twiete angesagt war.

Maren und Jochen steuerten dementsprechend vor Erreichen ihres Kabuffs auf direktem Weg die bezirkskriminalistische Kantine an und Twiete ergab sich hier – die Hitze vollkommen negierend – einem trimalchionischen Essen mit Vorspeise, Hauptgang und einem Dessert. Mit gewissem Schaudern beobachtete seine Verlobte, welche Futtermengen der geliebte Mann aus Enttäuschung in sich hineinschaufeln konnte.

Bei der anschließenden Lagebesprechung im Büro von Sprenz war die Stimmung gedrückt. Zumindest bei Jochen Twiete.

„Wir haben in zwei Tagen die zwölf uns verdächtig scheinenden Personen überprüft. Und was ist herausgekommen? Nichts! Uns liegt immer noch keine Beschreibung eines möglichen Fahrzeuges vor, von dem das Attentat auf Herdenbein gestartet wurde. Und drittens lässt uns auch das LKA im Dunkeln stehen. Das ist mehr als frustrierend, das lässt einen ja schon verzweifeln!"

Schon vor Twietes Tirade hatte Maren zum Telefonhörer gegriffen und eine Verbindung mit Frau Fuchs hergestellt. Leider ergebnislos hinsichtlich des Erinnerungsvermögens jener Dame, so dass nicht einmal in diesem Punkt Twietes Frustration gemindert werden konnte. Immerhin hatte die Journalistin zu verstehen gegeben, dass sie sich sehr bemühe und sich bei ihr der Eindruck verstärke, kurz vor einem Aha-Erlebnis zu stehen.

Die Weitergabe dieser Information konnte Twietes schlechte Stimmung allerdings auch nicht verbessern. Desgleichen nicht die sich anschließenden, längeren Ausführungen seines Vorgesetzten, dass manche Dinge einfach Zeit benötigten. Und er, Sprenz, habe schon des

Öfteren in der Vergangenheit derartige Durststrecken erlebt, die dann plötzlich durch Zufall, intensive Recherche oder was auch immer ein beglückendes Ende – das sagte er tatsächlich! – gefunden hatten. Punktum, er habe im Augenblick, trotz aller Zähigkeit in diesem Fall, ein durchaus positives Gefühl.

Nun, und genau das hatte Twiete eben nicht!

*

Noch am vorherigen Abend hatte Margit im ‚Dörpskrog' in Rathjensdorf angerufen und Nadja Schlemms Ankunft für den nächsten Morgen avisiert. Nach einem gemeinsamen Frühstück der Frauen und einer Verabredung für den Nachmittag war Frau Schlemm nach Rathjensdorf gefahren und hatte ihren Koffer in der Dependance des Wirtshauses untergebracht. Sei es, dass man sich nicht mehr erinnerte, wer der neue Gast war oder aber sich norddeutscher Zurückhaltung befleißigte, sie wurde freundlich aufgenommen und zu ihrem momentanen Zuhause geführt. Nachdem sie sich dort mehr oder weniger eingerichtet hatte und den neugestalteten Freizeit- und Gastbereich des ‚Dörpskrog' – Fischerhütte, Bach- und Seenlandschaft – in Augenschein genommen hatte, war Nadja Schlemm in die Gaststätte zurückgekehrt und dort den lukullischen Angeboten erlegen.

Es galt, eine Entscheidung zu fällen.

Margit hatte ihr die Schlüssel zum Grundstück am Schluensee ausgehändigt und ihr freigestellt – Herdenbeins Zustimmung voraussetzend! –, ihr Eigentum tagsüber zu nutzen. Das war sehr großzügig von Margit Steinwede, gleichermaßen eine Herausforderung für die Eigentümerin.

Natürlich war sie, Nadja Schlemm, die Besitzerin dieses Kleinods am See und Jens Herdenbein nur der Pächter. Andererseits war es ein Grundstück mit Vergangenheit, wenn man das so sehen wollte. Zwar war weitab in Berlin der Plan zum Mord an ihrem Lebensgefährten gereift, aber hier hatte sie ihn durchgeführt. Auch wurde sie genau an diesem Ort überführt. Sollte sie dorthin zurückkehren? Zehn Jahre waren in der Zwischenzeit vergangen. Die Vergangenheit schien abgeschlossen. War sie es aber auch? Sollte sie sich der Gefahr aussetzen, dass Verheiltes wieder aufbrach? All dies schoss ihr durch den Kopf, als sie das Mittagessen zu sich nahm und die Schlüssel zum Grundstück neben ihrem Teller liegen sah. Gleichermaßen fragte sie sich, was sie denn dort eigentlich wolle? Der Mörder kehrt an den Tatort zurück? Nein! Die Antwort durchzuckte sie dann auch blitzartig: Dort ist Herdenbein zu Hause.

Nadja Schlemm kämpfte mit ihren Gefühlen und ihrem Intellekt. Letzterer siegte.

Von Rathjensdorf aus fuhr sie zur B 430, dann bei der Abzweigung nach Kossau allerdings zur rechten Seite in Richtung Badestelle. Wie oft in ihrem Leben war sie schon diesen Weg gefahren? Heute jedoch erschien ihr das Aufsuchen des Grundstücks am Schluensee wie ein Eintauchen in eine neue, in eine andere Welt. Es war Herdenbeins Welt. Als Nadja Schlemm schließlich das Tor zu diesem wunderschönen Stückchen Erde aufschloss, registrierte sie erstaunlicherweise keinerlei vergangenheitsbezogene Empfindungen, sondern unverhohlene Neugier. Nein, das war nicht mehr ihr Terrain, sondern das Herdenbeins. Sie parkte ihren Wagen, wie gehabt, am oberen Ende des Weges, der zum See und zum Haus führte und ging flotten Schrittes hinab. Die Veränderungen wurden sofort deutlich: Der Wald zur Linken war durch Sturmschäden gewaltig gelichtet und wieder auf Vordermann gebracht worden. Die Terrasse vor dem Haus war durchgehend mit eingelegten Wackersteinen gestaltet, die Blumenbeete rings um das Haus waren gepflegt und daher ansehnlich.

Frau Schlemm öffnete neugierig die Haustür und besichtigte das Innere, das ja auch für sie für Jahre eine Art Heimat gewesen war. Schlafzimmer, Küche und Badezimmer schienen unverändert zu sein. Im Wohnzimmer fand sie neue Teppiche, andere Bilder an den Wänden und moderne audio-visuelle Einrichtungen vor. Anschließend setzte sie sich mit einem Glas Mineralwasser und einem Glas Bordeaux auf die Terrasse und gab sich praktischen Überlegungen und romantischen Träumereien hin.

Ist das richtig, hier alles in Beschlag zu nehmen? So, als wäre sie immer noch hier zu Hause? Wäre es nicht richtiger, es bei diesem einen Besuch zu belassen?

Andererseits, warum fühlte sie sich so ungemein wohl hier? Im Schatten der mächtigen Birke sitzend, bei Wasser und Wein?

Sie schüttelte den Kopf und fragte sich, warum sie, die urbane, intellektuelle Frau, sich plötzlich so gern diesen romantischen Gefühlen hingab?

*

Als Jens Herdenbein gegen Mitternacht wieder einmal aus seinem Dauerschlaf erwachte – die Wachzustände waren allerdings heute häufiger und auch länger gewesen – traten Fetzen eines Traums in sein Bewusstsein, die in ihm ein wohliges Behagen auslösten. Er versuchte sich mit aller Macht zu erinnern, um das Puzzle verschiedener Sinneseindrücke zu einem Ganzen zusammenzufügen. Ein Unterfangen, das er schließlich aufgab, da er glaubte, dass sich lediglich Sehnsüchte beziehungsweise das Bedürfnis nach Harmonie zu einem imaginären Bild geformt hatten. Wie anders wäre es sonst zu erklären, dass sowohl Margit als auch Nadja Schlemm zu beiden Seiten seines Bettes gesessen hatten und ihn mit hilflosen, wenn auch liebenden Blicken angeschaut hatten?

Er glitt wieder hinüber in einen heilsamen Schlaf.

6. Tag; Dienstag, 5. Juli 2005

Das war einer jener Tage, die man am liebsten am Abend vergessen wollte.

Von morgens bis abends brütende Hitze. Fortwährend rinnender Schweiß, der die Kleidung am Körper kleben ließ und nach geraumer Zeit Ekel verbreitete. Der erhoffte mittägliche Höhepunkt des Tages in der Kantine ein Desaster und als Krönung all dessen noch die Erkenntnis, dass die Arbeit des Tages für die Katz war.

Jochen Twiete und Maren Ketels hatten ihren Dienst in Kiel frühzeitig begonnen, einmal der zu erwartenden Hitze wegen, allerdings auch deshalb, weil sie die Überprüfung der zwölf Alibis an diesem Tag abschließen wollten. Sie waren sich schon zu Beginn dieser Arbeit darüber im Klaren, dass sie es wahrscheinlich mit wasserdichten Nachweisen zu tun haben würden. Ihrer Ansicht lag die Vermutung zu Grunde, dass in jenen Kreisen, in denen sie ermittelten, Alibis zumeist über jeden Zweifel erhaben waren. Möglicherweise waren manche von ihnen sogar echt. Eine noch intensivere Nachforschung wäre nur angebracht gewesen, wenn sich ein deutliches Misstrauen manifestiert hätte. Hatte es aber nicht.

Alle Alibis waren nach ihrem Dafürhalten stichhaltig.

Auch die junge Sekretärin von Muthesius – die nach Twietes auch weiterhin unumstößlich vertretener Meinung weniger Bürokraft, dafür mehr Verhältnis war –, bestätigte ein zweites Mal, dass ihr Chef zur fraglichen Zeit, in der das Attentat auf Jens Herdenbein stattgefunden hatte, in seinem Büro gewesen war. Sagte sie. Nun ja!

Im Kabuff ließ Twiete literweise Sprite die Kehle herunterrinnen und wechselte unter dem amüsierten Blick seiner Kollegin und Verlobten das T-Shirt.

„Striptease auf der Dienststelle“, diesen Vorgang kommentierte Sprenz, der plötzlich in der geöffneten Tür erschienen war.

Twiete war so erledigt, dass er zu keiner Erwiderung fähig war, zumal Schlagfertigkeit sowieso nicht zu seinen Stärken zählt.

„Jochen legt auch in verzweifelten Situationen Wert auf ein gepflegtes Äußeres“, karikierte Maren dessen Verhalten und Sprenz' Bemerkung.

„Ich entnehme Ihren Worten, dass Ihr Einsatz heute nicht Erfolg versprechend war?“

„Richtig, Herr Sprenz.“

Twiete hüllte sich in Schweigen.

Ob vor Erschöpfung oder Enttäuschung, spielte letztendlich keine Rolle.

„Nun, wie ich schon gestern gesagt habe, nach Tiefschlägen folgen oftmals Höhenflüge.“

Hatte der ‚Erste' das wirklich gesagt, überlegte Twiete.

Und Frau Ketels konstatierte, dass der Chef tatsächlich über pädagogisches Feingefühl verfügte.

„Jut, denn machen Se mal schön Feierabend und erholen Se sich“, wünschte Sprenz und verließ den Dienstraum.

„Und noch eins“, er drehte sich wieder um, „der Kriminaloberrat war heute da. Hat sich nach Herdenbeins Gesundheitszustand erkundigt und nach Ihren Fortschritten.“

„Das ist ja wohl ein Witz“, konnte Twiete sich nicht verkneifen, zu bemerken, „Fortschritte! Will uns der KOR verscheißern?“

„Nein, Herr Twiete“, erklärte Sprenz mit sanftester Stimme, „er war besorgt um Herdenbein und ist mit dem Herzen ganz bei Ihren Ermittlungen. Wie soll ich sagen, sein erneutes Erscheinen hier drückt seine Anteilnahme an Ihrer schweren Arbeit aus.“

Twiete schaute seinen Chef etwas zweifelnd an und dieser verließ endgültig das Kabuff.

Die beiden Kommissare schlossen die Fenster und folgten ihrem Chef.

„Ach, beinahe hätte ich es noch vergessen“, rief er ihnen dann noch auf dem Gang nach, „Frau Fuchs hat angerufen, Sie sollen mal vorbeischauen. Ich glaube, sie hat etwas für uns!“

„Über das gesuchte Fahrzeug?“, rief Maren zurück.

„Ja, da kommen wohl die Erinnerungen zurück!“

„Das werden wir gleich morgen früh in Angriff nehmen!“

Die Kommissare fuhren nach Plön zurück. Selbstverständlich machten sie, wie an jedem Abend, einen Abstecher nach Preetz und erkundigten sich im Krankenhaus nach dem Wohl ihres ehemaligen Chefs.

Und so kam es, dass die beiden an diesem Abend nicht ganz so unbefriedigt in die Kreisstadt zurückfuhren, wie sie am Nachmittag noch angenommen hatten. Zum einen hofften sie stark auf das zurückgekehrte Erinnerungsvermögen der Journalistin und einer damit verbundenen neuen Spur und zum anderen hatten sie die Auskunft erhalten, dass es Jens Herdenbein nicht nur fortschreitend besser ging, vielmehr waren die Ärzte jetzt auch bereit, Nichtfamilienmitgliedern den Zutritt zum Krankenbett zu gewähren. Inständig hofften Maren und Jochen, dass sich nicht nur der Inspektor auf dem Wege der Besserung befand. Wie schön wäre es, wenn auch sie bei ihren Ermittlungen endlich eine Fortentwicklung erzielen könnten.

*

Jens Herdenbein war am Abend völlig erschöpft eingeschlafen. Der Tag war für ihn sehr anstrengend gewesen. Anstrengend, nicht schmerzhaft, wenngleich die Beschwerden ihm doch ziemlich zusetzten. Die drei Ärzte, aber auch die Schwestern betonten immer wieder, welch verdammtes Glück er doch gehabt hätte. Keine inneren Verletzungen! Alles andere sei im Grunde genommen Pippifax, so drückten sie sich zumindest unisono aus. Na, Danke! Gut verteilt über den ganzen Körper Hämatome, Schnittwunden, leichte Verbrennungen und Hautabschürfungen. Nicht zu vergessen der abgebrochene Schneidezahn, ein operiertes rechtes Bein – wobei er ganz froh war, dass es das rechte war, denn dieses bereitete ihm durch den Steckschuss von 2001 sowieso immer wieder Probleme –, dazu die in der Zwischenzeit wieder gerichtete Nase. Pippifax! Die hatten gut reden. Immerhin, der Schock war überwunden und der Kreislauf stabilisiert.

Doch, es ging ihm eigentlich physisch wieder sehr gut, wenngleich er sich immer öfter, wenn er aufwachte mit einem psychischen Problem herumplagte. Oh, er war heute das erste Mal aufgestanden. Einmal am Morgen und dann noch ein zweites Mal am Spätnachmittag. Eine Schwester zur Linken und eine Physiotherapeutin zur Rechten, um dann mehr schlecht als recht ein paar Schritte durch das Zimmer zu humpeln. Das war anstrengend, aber auch aufbauend gewesen. Dr. Rechtenberg, seinem interessiert zuschauenden Operateur, hatte er zu verstehen gegeben, dass er fest damit rechnete, das freundliche Krankenhaus in den nächsten Tagen zu verlassen. Man hatte ihn herzlich ausgelacht. Und dennoch, ihm war es ernst gewesen mit seinem Wunsch.

Es war anstrengend gewesen. Die ersten Gehversuche, das Einnehmen der Mahlzeiten, die wunderbaren Besuche von Margit zur Mittagszeit und der von Nadja nach seinem zweiten Marathonlauf. Anstrengend und zugleich schön. Mehr noch, auch die Mitteilung, dass die starke Medikamentierung zurückgefahren worden war, hatte ihn darin bestärkt, auf dem besten Wege zur Gesundung und damit zur Entlassung zu sein. Humpeln konnte man doch auch zu Hause, oder? Nun, er schlief noch reichlich. Nach seinen Dauerläufen musste er oft noch ziemlich ermattet das Bett aufsuchen und war dann auch immer augenblicklich eingeschlafen. War das aber nicht auch ein Zeichen, dass es aufwärts ging? Er, Jens Herdenbein, jedenfalls sah das so. Er sah klar. Auch was den gestrigen Tag anging. Margit musste in jedem Fall dagewesen sein, da er an diesem Morgen seine Kulturtasche, mehrere Schlafanzüge und diverse andere Wäschestücke im Krankenzimmer vorfand. Er hatte gar nicht mehr nachfragen müssen.

Etwas ganz anderes plagte ihn. Sehr! Machte ihn depressiv, ließ ihn immer wieder ins Grübeln verfallen.

Damals, der Steckschuss mit dem teilweise zertrümmerten Oberschenkelknochen, das war eine schlimme Sache gewesen. Aber das kam vor. Bei seinem Metier und dem Umfeld, in dem er arbeitete. Das hätte ja auch noch schlimmer kommen können. Nun, als Kriminaler konnte man unter Umständen schon einmal das Ziel einer Kugel sein. Schwamm drüber! Das hatte ihm damals auf jeden Fall nicht psychisch zugesetzt. Aber jetzt: Eine Bombe in seinem Auto, in seinem ziemlich neuen Golf! Ein Attentat auf ihn, Jens Herdenbein, den Korrekten aber auch den Gerechten? Ein Anschlag auf ihn, den man ebenfalls in der Kieler Unterwelt achtete. Auf ihn, der genau abwog, ob es sinnvoll war der Gerechtigkeit genüge zu tun oder besser fünfe mal gerade sein zu lassen, wenn es denn für weitergehende Ermittlungen zweckdienlich war. Und ihn jagte man in die Luft? Pfui Teufel! Der oder die wollten ihn beseitigen, aus dem Weg räumen. Für immer! Und damit kam er, Herdenbein, nicht zurecht.

Warum, fragte er sich immer wieder?

Morpheus Arme … Sie wissen schon!

*

„Wissen Sie, ich hab' heute Abend noch einmal eine Flasche von dem Petrus aufgemacht. Schmeckt nich, aber is teuer! Gibt einen Grund. Na, wenn man's genau nimmt sogar zwei. Also Prost!“

Na, was wird er uns heute erzählen?

„Ich hab mich gefragt, is man mir auf der Spur? Antwort: Eindeutig, nein! Warum? Na, hab' ich nich heute Morgen diese jungen Kommissare auf Grundeis gesetzt? Die mit ihrem ‚Aber'! Kommen immerzu mit den Drohungen, die ich mal ausgestoßen haben soll. Naja, hab' ich. Aber, haben die irgendetwas auf der Pfanne? Ehrlich? Ich sage: Nein! Die wissen gar nichts, die tappen vollkommen im Dunkeln. Und ich hab' sie abblitzen lassen. Meine Vorzimmerschnepfe sagt, was ich will, sonst macht die ganz schnell 'ne Fliege. Und dass es dabei nicht bleibt, kann sie sich denken. Also? Stille im Karton.

Augenblick, ich muss noch mal nachschenken. Immer wenn ich die Flasche ausgetrunken hab', dann hatter mir eigentlich ganz gut geschmeckt, dieser Petrus. Aber ehrlich, is zu teuer fürn Wein!

Wo war ich steh'n geblieben? Richtig, bei den Hasis von der Mordkommission. Die sind Nese. Wobei die Kleene, die Kommissarin, das is 'ne scharfe Biene, mit der möchte ich schon mal alleine im Dunkeln tappen. Is besser als meine Sekretärin. Hahaha! Wenn Sie wissen, was ich meine.

Aber es kommt ja noch viel besser.

Ich war heute Abend auf einem Empfang. Von der Stadt! Einfach langweilig. Ich geh aber immer hin. Die laden mich ein, weil ich wer bin. Können mich nicht ignorieren, mich, den Tycoon. Ich zahl' Steuern, dass es sich gewaschen hat. Laden mich also ein und machen einen Bogen um mich herum. Wie, als wenn ich Mundgeruch hätt'. Aber is mir egal, ich geh hin, trink billigen Sekt und gucke. Und hör zu, das ist das Wichtigere. Was schnattern die? Und was soll ich sagen, da is so'n oller Fuzzi da, schon pensioniert, so'n Oberrat von der Polizei oder so was und dann setzen sie den ein wenig unter Druck ‚Ach erzählen Sie doch mal', und das tut der denn auch. Und was soll ich sagen: Die Bullen, die Kriminalen haben nichts auf der Pfanne. Stehn im Fall Herdenbein voll im Regen. Hab ich doch gewusst! Ich sollte denen mal meine Meinung sagen.

Also, deshalb wieder der Petrus. Prost!"

7. Tag, Mittwoch, 6. Juli 2005

Bevor Maren und Jochen an diesem Morgen nach Malente in die Lindenallee fuhren, hatten sie die Journalistin angerufen und sich von deren Anwesenheit im Hause vergewissert.

Genau wie bei ihrem ersten Besuch wurden sie auch heute von der

Hausbesitzerin mit einer Tasse frisch gebrühtem Kaffee empfangen. Eine hübsche Geste, der Jochen Twiete natürlich nicht viel abgewinnen konnte. Desto mehr strahlte er, als Frau Fuchs noch mit einem großen Teller belegter Brötchenhälften erschien.

Und nicht nur der Kommissar strahlte, auch die Journalistin.

Johanna Fuchs mochte vielleicht fünfundvierzig Jahre alt sein. Sie hatte rotblonde Haare, ein ovales Gesicht, ein paar Sommersprossen, den Ansatz einer Stupsnase und grüne Augen. Sie war groß und von kräftiger Gestalt. Frau Fuchs trug ein weites beigefarbenes Kleid, das der schon frühen Hitze des Tages angepasst war.

Und wie schon gesagt, sie strahlte. Ihr Gesicht drückte Freude und Zufriedenheit aus.

Schon in der Eingangstür war Jochen und Maren am Gesichtsausdruck der Dame aufgefallen, dass diese nicht nur ihren Schock überwunden hatte. Da hätten sie mehr eine Gelassenheit ausstrahlende Miene konstatiert. Nein, ihre ganze Haltung, ihre Ausstrahlung deutete darauf hin, dass ihr Gedächtnis wieder intakt war, ihr etwas eingefallen war, sie schier platzte und etwas loswerden wollte. Als Journalistin war Frau Fuchs jedoch auch in der Lage, sich zurückhalten zu können und den geeigneten Moment für Fragen oder Eröffnungen richtig einzuschätzen. Also ließ sie Jochen Twiete genüsslich kauen und Maren Ketels den Kaffee genießen.

Ja, sie ließ sogar Spannung aufkommen, als der Kommissar schließlich nach dem dritten Brötchen passte und sich behaglich zurücklehnte. Frau Fuchs hatte während dieses zweiten Frühstücks einen Zettel neben ihrer Kaffeetasse platziert, zündete sich jetzt genießerisch eine Zigarette an und blickte in die erwartungsfreudigen Gesichter der Beamten.

„Sie können sich gewiss vorstellen, wie ich mir in den letzten Tagen das Hirn zermartert habe?“

Die beiden Kommissare nickten und Jochen Twiete rutschte unruhig auf dem Sessel hin und her.

„Ich habe gegrübelt, bin in mich gegangen und zu folgendem Ergebnis gekommen: Der Wagen, der mich kurz vor der Explosion überholte, war ein alter, dunkelblauer Golf, ich bin mir sicher ein Golf III. Die Farbe verblasst oder mit Staub überzogen.“

Maren schrieb mit.

„Vielleicht könnte es noch etwas genauer sein?“, fragte Jochen vorsichtig.

Die Journalistin nickte.

„Ja, ein Kieler Kennzeichen. Ein Buchstabe war ein ‚Q'. Ich meine es sei der erste gewesen, aber da kann ich mich auch täuschen. Und bei den Zahlen war eine ‚5' dabei."

„Das ist der erste genaue Hinweis, den wir erhalten", stöhnte Maren auf, „und dazu noch einer, mit dem man etwas anfangen kann. Wir sind Ihnen furchtbar dankbar, Frau Fuchs."

„Oh, ich habe noch mehr!", rief die Journalistin schon beinahe enthusiastisch aus. „Am hinteren Kotflügel, rechts, war eine dicke Schramme oder eine Beule ..."

„Fantastisch!" rief Jochen und unterbrach damit die Beschreibung.

„... und der helle Rückfahrscheinwerfer brannte, war eingeschaltet."

Während Jochen Twiete auch noch die letzte vorhandene Brötchenhälfte vertilgte und Maren und die Journalistin einer weiteren Tasse Kaffee zusprachen, wurden die Aussagen noch einmal in aller Ausführlichkeit abgeklopft: Erinnerungsvermögen, Verwechslungen, und so weiter.

Schließlich zogen die Kommissare zufrieden ab und ließen eine Frau zurück, die sichtlich dankbar war, ihren Beitrag zur Auflösung dieses Kapitalverbrechens geleistet zu haben.

*

„Endlich geht's vorwärts", meinte Twiete, als er sich im Kabuff an seinen Computer setzte und sich einloggte, um das Kennzeichen zu entschlüsseln.

„Wurde aber auch Zeit", bemerkte Jakob Sprenz trocken.

„Bitte nicht so freudig", dämpfte der Oberstaatsanwalt die aufkommende Euphorie, „das kann höchstens ein bescheidener Anfang sein."

Heiko Hauen erntete drei empörte Blicke.

Eine Stunde gespannten Wartens.

Ein immer stärker werdendes Stöhnen, dann verhaltene Flüche deuteten schon frühzeitig einen Misserfolg an, den Twiete jedoch nicht wahrhaben wollten. Zum Schluss schlug er mit der flachen Hand auf den Schreibtisch und warf laut mit Verbalinjurien um sich.

„Das war ein glatter Schuss in den Ofen", stellte der Kommissar schließlich fest, nachdem er sich wieder abgeregt hatte.

„Wie ich schon angedeutet habe, man soll sich nie zu früh freuen."

Die drei Kommissare starrten erbost den Oberstaatsanwalt an.

Der hob abwehrend die Hände.

„Ich bin keine Kassandra! Die Kennzeichen sind eben gefälscht, ganz einfach!"

„Was eigentlich auch zu erwarten war, wenn der Täter nicht ganz blöd ist", stellte Maren fest.

„Weiter!", befahl der Erste.

„Was weiter?", fragte Twiete.

„Nun, Herr Twiete, das Kennzeichen ist jefälscht, da kann man nischt machen. Suchen wir nach dem Wagen oder nicht?"

„Die Frage ist doch, wie raffiniert ist der Täter?", mischte sich Hauen ein. „Ist er weniger routiniert, stellt er das Tatfahrzeug irgendwo in der Stadt oder in der näheren Umgebung ab, dann werden wir es finden."

„Und wenn er raffiniert ist?", fragte Maren.

„Dann steht das Fahrzeug bei ihm in der Garage, er beseitigt pingelig sämtliche Spuren und lässt zudem das Kennzeichen verschwinden. Das wäre dann wohl für uns die schwierigere Variante."

Maren und Jochen starrten erneut den Oberstaatsanwalt an. Hatte der wirklich ‚uns' gesagt?

„Für uns?", fragte dann auch Twiete recht verunsichert.

„Klar doch! Ich bin ja auch schon beim Durchforsten Ihrer Akten. Ich mische diesmal aktiv mit."

Jochen und Maren nickten beifällig und höchst erfreut.

„Ich werde sofort veranlassen, dass unsere Polizeibeamten in Kiel und Umgebung Ausschau nach dem Fahrzeug halten", kündigte Jakob Sprenz an und verließ das Dienstzimmer.

„Gehen wir mit der Fahrzeugbeschreibung an die Presse?", fragte Maren.

„Damit würde der Täter unseren Kenntnisstand erfahren", gab Hauen zu bedenken.

„Andererseits würden wir aber auch dem Täter zeigen, dass wir ihm auf der Spur sind", ergänzte Jochen.

„Auch richtig", nickte der Oberstaatsanwalt.

„Abgesehen davon, was haben wir denn sonst?", fragte Maren mit einiger Berechtigung. „Egal, ob der Wagen Eigentum des Täters ist oder auch gestohlen, was ich als wahrscheinlicher ansehe, wir kommen auf jeden Fall näher an ihn heran. Ich bin dafür, mit der Beschreibung des mutmaßlichen Täterfahrzeuges an die Presse zu gehen."

Twiete und Hauen nickten zustimmend und Kommissarin Ketels machte sich auf den Weg zur Redaktion der Kieler Nachrichten. Der Oberstaatsanwalt suchte sofort sein Büro auf, um die letzten der noch ungelesenen Akten zu durchforsten, und Kommissar Twiete beziehungsweise sein Magen, war der Meinung, dass eine intensivere Inspektion der Kantine am dringlichsten sei.

*

In einem Hotel in der Kieler Innenstadt, in der Umgebung des Bahnhofs gelegen, das jedoch trotz dieser Nähe keineswegs als Absteige zu bezeichnen wäre, trafen sich am Abend des 6. Juli 2005 um zwanzig Uhr mehrere Herren. Es mochten fünfzehn oder etwas mehr gewesen sein, die ihren ständigen Wirkungsbereich mehr oder minder alle im hohen Norden Deutschlands hatten. Eine gewiss illustre Gesellschaft, denn die durchschnittlich abgesessenen Knastjahre gingen weit über fünf hinaus. Dazu wären noch einmal in etwa fünf Jahre für die nicht aufgeklärten Fälle zu veranschlagen, die allerdings zumeist in den Bereich des Raubdezernats fielen.

Man fiel durch Unauffälligkeit auf. Man erschien in der Regel sehr distinguiert im Anzug – selbstverständlich Zweireiher! – und ohne Frage mit Schlips und Kragen. Auch die wenigen Rolliträger, die es tatsächlich gab – gedeckte Farben! – verzichteten nicht auf ein obligates, zweireihiges, dunkles Jackett und eine Bügelfaltenhose.

Vor dem abendlichen Diner unterhielt man sich zwanglos, wobei eine kulturelle Diskrepanz zwischen dem Äußeren der Herren und ihren Äußerungen zu konstatieren wäre. Auch der Inhalt der Gespräche – hauptsächlich Geschäftliches – hätte bei einem zufällig Lauschenden zumindest ein Stirnrunzeln hervorgerufen. Man war mehr oder weniger in sämtlichen lukrativen Branchen tätig. Allerdings muss diese Aussage mit der Einschränkung verbunden werden, dass die geschäftlichen Aktivitäten der Herren selten als legal einzustufen waren. Und da nützte es auch wenig, wenn man den Praktiken klangvolle Bezeichnungen gab, wie zum Beispiel ‚Forderungs-Management'!

Punkt acht Uhr ließ man sich an der festlich gedeckten Tafel nieder.

Man aß nicht, man speiste. An diesem Abend wurde als Vorspeise Kartoffel-Sellerie-Püree mit Kaviar unter dem Sahnehäubchen gereicht. Als Hauptgang schloss sich Rotbarschfilet in Sahne-Estragon-Sauce an und zum Dessert genossen die Herren une nouvelle création des Kochs: Zum geschlotzten Bordeaux wurde allerfeinste herbe Schokolade angeboten.

Man soff nicht, vielmehr delektierte man Champagner und zu den

Speisen einen köstlichen Chablis und wie schon angeführt einen gereiften Bordeaux.

Nach dem Essen, bei Kaffee, Espresso, einem alten Cognac und Zigarette oder einer Havanna, stand Maximilian Bromme auf und klopfte mit einem Löffel an sein großes Rotweinglas. Langsam wurde es still und man wendete sich dem Admiral zu.

Admiral? Wieso Admiral? War der Erwähnte tatsächlich ein passiver und vielleicht sogar noch ein aktiver Admiral? In der Bundesmarine?

In Mucheln, einem Dorf zwischen Plön und Selent, lebte dieser gewisse Maximilian Bromme, in einschlägigen Kreisen ‚Admiral Brommy' genannt, der einer einträglichen, wenn auch nicht gesetzesmäßigen Beschäftigung nachging. Mit anderen Worten, er war ein Ganove. Wobei die Meinung in seinen entgegengesetzten Kreisen – also zum Beispiel in der Bezirkskriminaldirektion – darüber auseinander ging, ob er ein großer Kleinkrimineller oder ein kleiner Großkrimineller war. Vielleicht gab es da auch überhaupt keinen Unterschied! Auf jeden Fall eine schillernde Gestalt mit einem Wirkungskreis zwischen Kiel, Hamburg, Bremen und Berlin. Herdenbein kannte ihn, hatte aber nur peripher mit ihm zu tun gehabt, denn er gehörte nicht zu den Gewalttätern. Dennoch begegnete er ihm bei seinen Ermittlungen regelmäßig, da es in den kriminellen Szenen logischerweise immer wieder Überschneidungen gab. Admiral Brommy arbeitete zwar nicht im ‚Mordgeschäft', hatte dennoch zu diesem Bereich der Kriminalität blendende Verbindungen, die manchmal der Polizei oder auch Herdenbein sehr von Nutzen waren.

Maximilian Bromme war ein engagierter und begnadeter Hehler, der der Polizei oftmals ein Schnippchen geschlagen hatte. Maximilian war aalglatt und konnte erstaunlicherweise oftmals mit stichfesten Alibis dienen. Seinen Spitznamen ‚Admiral Brommy' hatte er sich selbst zuzuschreiben. Er war von Bremen aus in den hohen Norden gezogen. Aus dieser Stadt stammte auch Karl Rudolf Bromme, genannt Brommy, Admiral der Kriegsflotte des Deutschen Bundes. Von diesem, eine Marotte Maximilians, hatte er – eingedenk der Ähnlichkeit des Namens – sehr oft erzählt, so dass er irgendwann mit diesem Spitznamen bedacht wurde und ihn sogar selbst übernahm. Maximilian Bromme war 65 Jahre alt. Er war von kleiner Gestalt und sah überraschend gut aus.

„Liebe Kollegen, Geschäftsfreunde, vor allem aber Freunde!"

Beifälliges Gemurmel, Kopfnicken, also Zustimmung.

„Ich freue mich und bedanke mich dafür, dass ihr es ermöglicht habt, so schnell zu diesem Treffen zu kommen. Ihr habt eure persönlichen Termine zurückgestellt und konntet bei euren Verpflichtungen umdisponieren. Das ist nicht selbstverständlich. Ich weiß das, denn auch ich musste gewissermaßen meinen Terminplaner vergewaltigen."

Freundliches Gelächter, wenn auch etwas zurückhaltend. Es schien, als ob die Herren nicht gerade mit überschäumendem Humor ausgestattet waren.

„Ich will gleich zur Sache kommen. Unser aller Freund, Inspektor Herdenbein, ist in die Luft gesprengt worden. Allerdings und Gott sei Dank war der ruchlose Bombenbauer ein Dilettant und Jens Herdenbein hat das Attentat überlebt."

Man klopfte mit den Fingerknöcheln auf den Tisch.

„Wie ich in Erfahrung gebracht habe, befindet sich unser Freund auf dem Weg der Besserung. Das freut mich und ich denke auch euch."

Die Herren ließen ein zustimmendes Nicken erkennen, als Bromme eine kurze Pause einlegte. Ein Zug an der Zigarre folgte, selbstverständlich auch noch ein Schluck aus dem Glas.

„Freunde, wir alle haben den Inspektor als redlichen Menschen kennen gelernt, der unter Umständen auch mal fünfe gerade sein ließ. Jeder von uns ist ihm zu Dank verpflichtet und so mancher von uns verdankt ihm wohl auch ein paar geschenkte Jährchen."

Auf den Gesichtern der Lauschenden erschien ein versonnenes Lächeln. Der unbeteiligte Beobachter hätte ohne große Mühen erkannt, dass die Herren sich gerade der zu Dank verpflichtenden Situationen und der durch Herdenbein gewonnenen Jahre, bewusst wurden.

„Ehrenwerte Freunde, wir alle nehmen voller Anteilnahme und ehrlicher Empörung an seinem Schicksal teil. Bombenbau und Attentat sind nicht unsere Sache. Wir lehnen solche Methoden ab, ja, wir verabscheuen sie von ganzem Herzen."

Die Herren drückten ihre Zustimmung zu Admiral Brommys Worten durch ein weiteres zustimmendes Klopfen aus. Maximilian Bromme ließ eine Pause eintreten, so dass sich die Empörung der Kollegen durch kurze Gespräche mit den Tischnachbarn und den gegenüber Sitzenden Luft machen konnte.

„Liebe Ehrenwerte, diese überaus schändliche Untat hat sich schnell in unseren Kreisen herumgesprochen und wir als seine Vertreter sind nun hier und heute zusammengekommen, um der Aufklärung dieses Falles ein wenig Power zu geben. Wie ich auch erfahren habe, tappen unsere Freunde von der Polizei noch so richtig im Dunkeln. Ein Zustand, der bei uns normalerweise große Freude auslösen würde. Im Hinblick auf unseren Freund Jens Herdenbein jedoch Anlass zur Sorge gibt und demzufolge Aktivität unsererseits dringend erforderlich macht."

Die ehrenwerte Runde nickte ein weiteres Mal zustimmend und klopfte erneut kräftig auf den Tisch.

Maximilian Bromme schaute zufrieden um sich. Obwohl einzig sein Verhältnis zum Inspektor, sagen wir einmal von intimerer Natur war, konnte er dennoch feststellen, dass die Kollegen seinen Worten und Intentionen gefolgt waren. Jetzt musste der zweite Schritt erfolgen. Der Admiral erhob sein Glas mit dem dunkelroten Bordeaux und blickte auffordernd in die Runde.

Mit einem Glas in der Hand erhob man sich.

„Auf Herdenbein!"

„Auf Herdenbein!", riefen die Herren.

Ein gewisser Enthusiasmus war unverkennbar.

Erstaunliche Leute, oder?

„Auf seine Gesundheit!"

„Auf seine Gesundheit!"

Es folgte ein gemächliches Platznehmen, dann waren wieder alle Blicke auf den Admiral gerichtet. Dieser räusperte sich.

„Wer hat Herdenbein in die Luft gejagt? Wer war das Schwein?!"

Für eine geraume Zeit herrschte Schweigen.

„Weiß irgendjemand von euch etwas, das ich nicht weiß?", hakte Bromme nach.

Erneutes Schweigen.

„Gut, oder auch nicht gut. In die Hufe, liebe Kollegen, lasst eure Verbindungen spielen."

Eine kurze Pause entstand. Wahrscheinlich eine Denkpause, dann fassten die Herren in die Innentaschen ihrer Jacketts und förderten – nein, keine Waffen! – ihre Handys zu Tage, warfen sie an und begannen diverse Gespräche zu führen. Sie waren in der Zwischenzeit wieder aufgestanden, wanderten im Raum umher, verließen diesen auch und führten ihre Anrufe in der Lobby des Hotels. Einige von ihnen hatten auch die hoteleigene Bar aufgesucht. Auf jeden Fall war jeder dieser freundlichen norddeutschen Ganoven darauf bedacht, dass niemand den Inhalt ihrer Gespräche mithören konnte beziehungsweise Kenntnis über den Gesprächspartner erhielt. Dieser konspirative

Gedankenaustausch dauerte, bei mehreren Unterbrechungen, mehr als anderthalb Stunden. Auch wurden untereinander mehrfach Gespräche geführt, die wohl der Abstimmung von Erfahrenem dienten.

Da es sich bei den versammelten Herren um keine homogene Gruppe handelte, kamen gegen Mitternacht drei Abgesandte nacheinander zu Admiral Brommy und teilten ihm das Ergebnis ihrer intensiven Recherchen samt Abgleichung mit.

8. Tag, Donnerstag, 7. Juli 2005

Was für ein Morgen! Der Erste Kriminalhauptkommissar war in höchstem Maße unzufrieden. Mit sich im Allgemeinen und mit dem Voranschreiten im Fall Herdenbein im Besonderen. Das morgendliche Aufstehen war heute eine Qual: ‚Das kommt vom Sumpfen', dachte er. Die frischen Brötchen waren ihm altbacken erschienen, der Kaffee fade … und überhaupt.

Der Blick aus dem Fenster der Direktion zeigte einen strahlend blauen Himmel: Wieder so ein fürchterlich heißer Tag, der nur Mühsal und Schweiß verhieß. Also wenig Gutes! Und in der Sache ‚Attentat'? Nichts Neues. Oder etwa doch? Sprenz starrte auf den aufgerissenen Briefumschlag mit dem Datum vom gestrigen Tag. Er las immer wieder die wenigen Zeilen des maschinengeschriebenen Briefes und schüttelte den Kopf. Was sollte das? Umschlag und Blatt lagen auf dem Schreibtisch. Und dann auch das noch: Seine Fingerabdrücke auf dem Umschlag und der DIN-A4-Seite. Nicht mehr zu ändern aber auch nicht so schlimm. Wer konnte auch so etwas ahnen? Ein richtig blöder Morgen!

Ortwin Könnecke erschien. ‚Wenigstens das klappt', dachte Jakob Sprenz, ‚kurz angerufen und schon da!'

Könnecke nahm Umschlag und Brief an sich und legte die Beweisstücke – na ja! – in den Kopierer. Mit breitem Grinsen übergab er dem Ersten die Kopien und versprach eine sofortige Untersuchung nach Fingerabdrücken, wobei er sich nicht der Anspielung enthalten konnte, dass man die des Ersten Kriminalhauptkommissars ja schon besaß. Er verschwand und Sprenz starrte ein weiteres Mal auf die kurze Mitteilung. Die des Attentäters?

Wie ich in Erfahrung gebracht habe, kommt ihr beim hochgegangenen Herdenbein nicht weiter. Ihr könnt euch gar nicht vorstellen, wie Leid mir das tut.

Ein besorgter Freund

Nachdem er zum tausendsten Mal die Zeilen gelesen hatte, nahm Sprenz das Blatt und lief den Gang zu Twietes Dienstzimmer entlang. Wehe, die beiden Kommissare waren noch nicht anwesend. Er schaute im Laufen auf seine Armbanduhr. Neun Uhr.

*

Während Sprenz auf Könnecke gewartet und immer wieder auf das Blatt gestarrt hatte, läutete bei Twiete das Telefon. Er hatte den Telefonhörer abgenommen und war so perplex gewesen, dass er vergaß, die Mithörgelegenheit für Maren einzuschalten.

„Mordkommission Twiete."

„Admiral Brommy hier. Kümmern Sie sich um den Tycoon."

„Wer ist da?"

„Admiral Brommy, der Inspektor kennt mich."

„Inspektor Herdenbein?"

„Genau der."

„Und um wen sollen wir uns kümmern?"

„Um den Tycoon."

„Wer soll das sein?"

„Mann, Sie sind tatsächlich noch nicht weitergekommen. Der Tycoon ist Arne Muthesius. Viel Erfolg. Und grüßen Sie den Inspektor von mir. Er soll schnell wieder auf den Damm kommen."

Der Anrufer hatte aufgelegt. Twiete hielt den Hörer noch immer in der Hand, als Maren fragte, was denn los sei. Jochen setzte gerade zur Information an …

In diesem Augenblick stürmte der Erste aufgeregt in das Kabuff.

„Wir haben eine undichte Stelle bei uns!", rief er empört aus.

Maren und Jochen schauten ihn mit hochgezogenen Brauen an.

„Es gibt 'ne Plaudertasche bei uns. Hier!"

Sprenz klatschte die Kopie vor Twiete auf den Schreibtisch.

Ohne einen Blick auf das Blatt zu werfen meinte Twiete:

„Und ich hatte gerade eine Plaudertasche am Telefon, die uns aufgefordert hat, uns um den Tycoon, den Muthesius zu kümmern."

Die Aufregung von Sprenz war wie weggeblasen. Er setzte sich auf Herdenbeins Sessel und ließ Twiete erzählen. Maren und der Erste hörten aufmerksam zu. Den Bericht beendete der Kommissar mit der Frage nach Admiral Brommys Identität.

„Is een oller Ganove aus Kiel", beantwortete Sprenz Twietes Frage. „Ick sach mal, der war Herdenbeins Hätscheljangster. Wenn Jens mal wirklich nicht weiter wusste, hat er den Admiral aufjesucht. Wie der heißt, weeß ick nich. Aber ich mag gar nicht daran denken, was Jens mit ihm, als Gegenleistung, ausklabüstert hat. Schwamm drüber. Is auch ejal. Am besten, lieber Kollege, Sie fahren nach Preetz und sprechen mit Herdenbein. Können sich dann auch gleich nach seinem Gesundheitszustand erkundijen. Je nachdem wie seine Antwort ausfällt werden wir dann vorjehen."

Twiete stand auf und wollte die Anweisung seines Chefs sofort in die Tat umsetzen, als Oberstaatsanwalt Hauen in der Tür erschien und Sprenz sowie den Kommissar aufforderte, noch da zu bleiben, schließlich seien höchst brisante Interna ausgeplaudert worden.

„Wie wär's, wenn Sie mich ein wenig informieren?", brummelte Hauen. „Es scheinen die Wogen hochzugehen. Aber bitte der Reihe nach."

„Sie zuerst, Herr Twiete", befahl Sprenz.

Twiete versuchte, so genau wie möglich, das Gespräch zwischen ihm und Admiral Brommy wiederzugeben. Der Oberstaatsanwalt hörte aufmerksam zu und nickte wiederholt.

„Maximilian Bromme, genannt Brommy, auch Admiral Brommy genannt", erklärte Hauen. „Vielseitiger Kieler Ganove, der zwischen Schleswig-Holstein, Bremen und Berlin sein Unwesen treibt. War die spezielle persönliche Datenbank von Inspektor a. D. Herdenbein. Aalglatt und charmant. Einige Jahre Bau, aber kein Gewaltverbrecher. Jens und ich haben im Prinzip nichts mit ihm zu tun gehabt, da der Herr Bromme mehr im Bereich des Vertriebs von gestohlenem Gut, also der Hehlerei, zu Hause war. Herdenbein hat viel von ihm gehalten."

„Ich habe Kommissar Twiete empfohlen, den Inspektor in Preetz aufzusuchen und Erkundigungen einzuziehen", ergänzte Sprenz.

„Das ist gut, das soll er machen, der Kommissar", lächelte der Oberstaatsanwalt.

Sprenz war sichtlich erfreut, dass dieses Thema endlich abgehandelt war, denn seine Nervosität, die durch ein ständiges Rutschen auf Herdenbeins Schreibtischstuhl offensichtlich wurde, hatte wieder zugenommen. Schließlich wedelte er mit dem kopierten Brief vor Hauens Nase herum, bis sich dieser dem Schriftstück annahm.

„Nicht brisant, Herr Sprenz, mehr ärgerlich. Da wir nicht sehr weit in unseren Recherchen gekommen sind, weiß der Anonymus auch nichts. Also, gewissermaßen weiß niemand nichts. Ärgerlich ist es dennoch, dass er weiß, dass wir nichts wissen, zumal er sich ja wohl freut."

„Freut?“, rief der Erste aus.

„Das denke ich auch“, mischte sich jetzt Maren ein, „sein ‚Leid tun‘ ist doch wohl mehr ironisch oder sarkastisch zu verstehen.“

Sprenz, Twiete und Hauen nickten.

„Und noch einmal zu Admiral Brommy“, Maren nutzte die kleine Pause. „Er erwähnt Muthesius und der steht auf der Liste unserer Verdächtigen.“

Sprenz, Twiete und Hauen nickten ein weiteres Mal.

„Sie wissen, warum man ihn den Tycoon nennt?“, fragte Hauen, sich an Maren wendend.

„Wir kennen seine Villa in Düsternbrook von außen und seinen Büroturm von innen.“

„Gut. Als Verdächtiger taugt er jedenfalls. Wenn Jens Herdenbein Ihnen gegenüber, Herr Twiete, die Lauterkeit des Herrn Bromme ...“

Der Oberstaatsanwalt konnte sich eines kleinen Lachanfalls nicht erwehren.

„... also, wenn der Inspektor der Meinung ist, dass man der Aussage, der Aufforderung aus der Unterwelt Folge leisten sollte, dann sollten wir das auch tun.“

„Und was ist mit diesem Schreiben?“, fragte Sprenz.

„Gesetzt den Fall, Muthesius, der auf unserer Liste auftaucht und vom Admiral beschuldigt wird, wäre tatsächlich der Mann, den wir suchen, dann stellt sich doch zwingend die Frage, woher er die Information hat, dass wir auf der Stelle treten?“, gab Maren Ketels zu bedenken.

„Aus der Kieler Unterwelt“, meinte Twiete.

„Nein, mehr aus der Oberwelt, der upper class“, korrigierte Hauen.

„Da hätten nur Sie Kontakte“, entfuhr es Twiete frech.

Sprenz und Maren sahen ihn entsetzt an. Jetzt würde es ein Donnerwetter geben, jetzt würde der Oberstaatsanwalt in sein gefürchtetes Plattdeutsch verfallen und den armen Kerl zur Minna machen. Nichts davon! Hauen lachte kurz auf und drohte Twiete mit dem Zeigefinger.

„Richtig, junger Mann, nur, ich habe nicht geplaudert.“

Es entstand eine Pause. Alle dachten angestrengt nach, bis Hauen zum Telefon griff und eine Nummer wählte. Er nuschelte dabei derart in den Hörer hinein, dass partout nichts zu verstehen war.

„Warten wir einen Augenblick. Vielleicht gibt's einen Kaffee?“

Twiete bediente, der Erste war noch immer entsetzt über die undichte Stelle, Marens Miene ließ nicht erkennen woran sie dachte und

Hauen lächelte versonnen vor sich hin. Bis auf Twiete, der seine obligatorische Brause trank, nippten alle an ihren Kaffeetassen.

Nach etwa zehn Minuten erschien ein bleicher, sichtlich betroffener Kriminaloberrat.

Die drei Kommissare staunten ungläubig und sahen sich an. Warum erschien Wölger? Hatte er etwas mit dem anonymen Hinweis zu tun?

Maren bot dem neunundsechzigjährigen KOR a. D. ihren Stuhl an, der sich sofort darauf niederließ, einen angebotenen Kaffee jedoch ablehnte.

„Ich darf Ihnen versichern, meine lieben Kollegen, dass ich entsetzt bin. Entsetzt über mein unentschuldbares Verhalten. Dass mir ein solch weitreichender Lapsus nach beinahe fünfundvierzig Dienstjahren passieren konnte, ist mir unerklärlich."

Bernhard Wölger schüttelte sein weiß umkranztes Haupt.

„Ich kann Sie nur um Entschuldigung bitten und hoffen, dass meine unverzeihliche Plauderei Sie nicht bei Ihren Ermittlungen beeinträchtigt oder sie sogar zurückwirft."

Der Kriminaloberrat erzählte vom Empfang der Stadt Kiel, wie er sich im Laufe des Abends den drängenden Fragen nach Herdenbeins Gesundheitszustand nicht mehr hatte entziehen können, und er dann wohl irgendwann auch von den sich dahinziehenden Ermittlungen geplaudert haben müsse. Einfach unverzeihlich, aber nun einmal geschehen.

Eine geraume Zeit herrschte nach der Erklärung des KOR Wölger Schweigen.

„Das haben Sie eigentlich ganz gut gemacht", ließ Twiete äußerst bedächtig vernehmen und streckte seine langen Beine behaglich aus.

„Was?", rief Sprenz aus.

Wölger legte seinen Kopf schief und wartete wie alle anderen auch auf eine Erklärung.

„Wenn ich es recht überlege, Herr Kriminaloberrat, war das eigentlich sehr gut, dass Sie sich verplaudert haben."

„Wie kommen Sie zu dieser Ansicht, Herr Twiete?", fragte dieser und schaute den jungen Kollegen fragend an.

„Ist doch klar, einer der Anwesenden ist der Attentäter!"

„War der Tycoon anwesend?", fragte Maren.

„Wer?"

„Muthesius."

„Jetzt verstehe ich, Tycoon, Muthesius. Ja, war der auf dem Empfang?

Wird der überhaupt von der Stadt eingeladen?", fragte sich, laut denkend, der KOR a. D.

„Muthesius ist in Kiel ein bedeutender Unternehmer. Ich kann mir schon gut vorstellen, dass die Stadt bei solchen Empfängen den Muthesius nicht ausschließen kann", erklärte der Oberstaatsanwalt.

„Könnte das so ein riesiger, etwas grobschlächtiger Mensch mit dröhnender Stimme sein?", wollte Wölger wissen.

„Genau der", antwortete Twiete.

„Ich glaube, diesen Menschen habe ich gesehen und auch gehört."

„Bingo!", rief Twiete aus, „das wäre dann schon der zweite Hinweis auf den Täter. Dieser Morgen gefällt mir sehr gut."

Sprenz, Ketels und Hauen nickten zustimmend.

Da der Kriminaloberrat die vorhergehende Besprechung nicht kennen konnte, erklärte ihm Kommissar Twiete noch einmal den genauen Zusammenhang zwischen Briefinhalt und ihren daraus abgeleiteten Vermutungen.

KOR Wölger fiel sichtlich ein Stein vom Herzen. Da hatte sich ja sein unverzeihlicher Fauxpas doch als mehr als dienlich erwiesen.

Nachdem der Kriminaloberrat, nun weniger bleich, das Zimmer verlassen hatte, erklärte Hauen, dass er mit Frau Ketels in seinem Büro zu plaudern gedenke. Der zweifelnde Blick Jochens veranlasste ihn, die Versicherung nachzureichen, dass es um den Abgleich der von ihm durchforsteten Akten mit den Erkenntnissen des Kommissariats gehe.

*

Jochen Twiete fuhr beschwingt nach Preetz. Das heißt, er schumacherte nicht, wie es sonst seine Art war, sondern fuhr für seine Verhältnisse mehr als gesittet über den Knooper Weg und den Schützenwall, bis er auf den Theodor-Heuss-Ring gelangte. Über Gaarden, Klausdorf und Raisdorf fuhr er nach Preetz. Kurz vor der neuen Umgehungsstraße bog er auf die alte B 76 ein, die in die Schusterstadt führte.

Es gab zwei Anlässe für seine gehobene Stimmungslage. Zum einen war er froh, dass sich das mühselige Aktenstudium – bestätigt durch KOR Wölgers Lapsus – gelohnt hatte und zum anderen freute er sich, seinen ehemaligen Chef, dem er so vieles, wenn er es so recht bedachte, sogar alles verdankte, wiederzusehen. Twiete bog in die Straße zum Krankenhaus ein und stellte seinen Wagen auf dem Parkplatz vor der Klinik ab. Der Pförtner teilte ihm die Zimmernummer Herdenbeins mit und Jochen schoss voll freudiger Erwartung die Treppen hinauf. Das Wiedersehen gestaltete sich laut und humorig, jedenfalls von Seiten des Inspektors. Twiete ist eine gewisse Humorlosigkeit zu bescheinigen, zumindest benötigt er eine längere Anlaufzeit.

Um Jochen Twiete Gerechtigkeit widerfahren zu lassen, muss hier festgestellt werden, dass heute nicht die Humorlosigkeit für seine anfängliche Zurückhaltung als Grund anzusehen ist, vielmehr Herdenbeins Aussehen. Twiete war schlichtweg schockiert. Damit hatte er nicht gerechnet. Aber womit hatte er gerechnet? Einen Kranken vorzufinden, der in seinem Bett liegt und auf Genesung wartet. Fertig! Für weitreichendere Gedanken hatte er bis jetzt auch noch keine Zeit gehabt. Natürlich war ihm die Schwere der Verletzungen bewusst gewesen. Jetzt aber, mit der Wirklichkeit konfrontiert, stellte er fest, dass er sich bisher eine falsche Vorstellung vom Gesundheitszustand seines Chefs gemacht hatte, beziehungsweise von dessen Erscheinungsbild. Der Nasenverband gab Jens Herdenbein ein gewisses groteskes Aussehen. Die sichtbaren Schürfwunden im Gesicht, an Armen und Händen sahen immer noch furchtbar aus. Die Hämatome gleichfalls. Das eingegipste Bein schien eine unnatürliche Stellung einzunehmen.

Er nahm sich zusammen.

„Ich soll dich übrigens von Admiral Brommy grüßen", eröffnete Twiete den offiziellen Teil seines Besuches.

„Hat er angerufen oder war er persönlich da?", fragte Jens Herdenbein interessiert.

„Er hat angerufen und uns aufgefordert Dampf zu machen."

„Ihr seid noch nicht viel weitergekommen?"

„Nee."

„Und welchen Tipp hat Brommy euch gegeben?"

Herdenbein kannte Brommy gut genug, um sich denken zu können, dass der Admiral nicht nur der Genesungswünsche wegen in der Direktion angerufen hatte.

„Muthesius! Wir sollen den Tycoon unter die Lupe nehmen."

„Das ist ein guter Tipp. Ich nehme an, dass Brommy recherchiert oder sich einfach nur umgehört hat."

„Du bist also der Meinung, dass der Hinweis seriös ist?"

„In jedem Fall. Der Admiral ist zwar ein mit allen Wassern gewaschener Ganove, aber er hat etwas, was jüngeren Kriminellen heute abgeht, Rückgrat, und wenn es nicht so komisch klingen würde, einen ausgeprägten Gerechtigkeitssinn. Abgesehen davon verstehen wir uns gut und ich denke, dass Brommy auch ein bisschen Wiedergutmachung betreiben möchte. Langer Rede kurzer Sinn: Tretet dem Muthesius auf die Füße. Er hat mehrfach Rache angekündigt, vielleicht sollte diese Bombensache die Umsetzung sein."

Jens Herdenbein freute sich über den Besuch seines jungen Kollegen und begann zu plaudern. Er langweilte sich. Da seine Genesung mit Riesenschritten vorankam, hielt er es nicht mehr im Krankenhaus aus. Die behandelnden Ärzte, sowie jede Schwester und jeden Pfleger bettelte er an, entlassen zu werden. Seine gebrochene Nase könne er auch in der guten Luft am Schluensee auskurieren und hinsichtlich seines rechten gebrochenen Unterschenkels würden gerade Weichen gestellt, die dann auch eine vorzeitige Entlassung rechtfertigen könnten. Die Behandlung hier sei zwar Klasse, aber das Essen! Besser als das Essen in der Kantine und dennoch. Ihm gehe es gut und er wolle raus! Und zwei Frauen, die ihn zwar täglich besuchten, seien für ihn nicht ausreichend für die Gestaltung eines langen Tages.

„Wie willst du mit deinem Gipsbein auf dem Grundstück hausen, das möchte ich nun wirklich wissen?", wandte Jochen Twiete ein. „Und wieso zwei Frauen?"

Jens Herdenbein lächelte verschmitzt und wand sich gespielt.

„Also?"

„Margit und Nadja."

„Nadja? Kenn ich nicht!"

„Nadja Schlemm."

„Warte mal, warte mal, warte mal", Jochen benötigte ein paar Sekunden bis ihm der erste Einsatz mit Herdenbein einfiel.

„Nadja Schlemm, die, die, die Mörderin? Von der du das Grundstück hast?"

„Genau die."

„Die besucht dich hier?"

„Sie wohnt am Schluensee und besucht mich hier. Jeden Tag. Mal mit Margit, mal ohne."

Twiete verstand die Welt nicht mehr.

„Das versteh' ich nicht, Jens!"

„Das musst du auch nicht, Jooochen."

Da Twiete seinen ehemaligen Chef weiterhin unverwandt und erwartungsvoll ansah, ließ der sich dann doch zu einer Erklärung herab.

„Seit drei Tagen werde ich von Nadja Schlemm besucht. Zuerst kam sie mit Margit, das habe ich aber an jenem Tag gar nicht so richtig wahrgenommen. Seit zwei Tagen kommt sie allein und seit gestern wohnt sie auf dem Grundstück, vorher hat sie im Dörpskrog übernachtet. Allens klor?"

Twiete schüttelte nur den Kopf und stand auf.

„Muss wieder zurück nach Kiel."

„Übrigens, Jooochen, ich habe keine Geheimnisse erzählt", lachte der Genesende und winkte ihm hinterher.

Twiete fuhr grübelnd nach Kiel zurück. Er war so in Gedanken versunken gewesen, dass er sich auf dem Weg zum Dienstzimmer nicht mehr erinnern konnte, wie er nach Kiel zurückgekommen war.

Da Maren nicht im Kabuff saß, vermutete er sie beim Oberstaatsanwalt. Er begab sich zu dessen Büro, stellte aber auf halben Wege fest, dass sie beim Chef sitzen musste, da er ihr typisches Lachen aus dessen Dienstzimmer vernahm. Und richtig!

„Dem Inspektor geht's blendend, er möchte lieber heute als morgen die Klinik verlassen."

„Und was ist mit Muthesius?", fragte Sprenz.

„Jens sagt, dass der Hinweis von Brommy vollkommen in Ordnung ist. Das sei so eine Art Wiedergutmachung vom Admiral und man könne sich auf ihn verlassen."

„Das klingt doch sehr gut", meinte der Chef.

„Finde ich auch", sagte Maren. „Nach Aktenlage halten wir ihn für verdächtig, der Admiral gibt uns einen Tipp in diese Richtung und durch die Unvorsichtigkeit des Kriminaloberrats können wir mit einiger Sicherheit annehmen, dass dieser bescheuerte Brief vom Tycoon stammt. Drei Hinweise, die auf Muthesius zielen."

„Kein schlechter Morgen", gab Sprenz etwas lapidar zum Besten.

Twiete wechselte unruhig von einem Bein auf das andere.

„Wir können sofort in die Kantine gehen", wollte Maren ihren Verlobten beruhigen.

Twiete schüttelte derart heftig seinen Kopf, dass ihm der Pferdeschwanz um das Gesicht flog.

„Ja, auf in die Kantine!", rief Jakob Sprenz. „Oder ist sonst noch irgendetwas Wichtiges?"

„Der Jens hat 'ne neue Freundin!", platzte es aus Twiete heraus.

„Erzähl' uns das beim Essen, Jooochen, ich hab' auch großen Hunger", befahl Maren.

‚Verstehe einer die Welt', fuhr es Twiete durch den Kopf. ‚Da kommt man mit einer solchen Sensation daher und die denken nur ans Essen. Ja, wenn ich das gesagt hätte!'

Bei Grünen Bohnen mit gewürfeltem Schinkenspeck und Dampfkartoffeln kam Jochen Twiete dann endlich dazu die sensationelle Neuigkeit zu präsentieren, die ihn beinahe zum Platzen gebracht hatte.

Sprenz blieb das Essen im Hals stecken. Er begann lebensgefährlich zu röcheln. Maren und Jochen mussten ihm gehörig auf den Rücken klopfen, um das Leben ihres Chefs zu retten. Der japste auch dann noch, als er ein großes Glas Brause in einem Zug geleert hatte, das ihm von Twiete aus großer Fürsorglichkeit und in Windeseile gebracht worden war. Er war empört. Ausgerechnet die Schlemm, das konnte er nun gar nicht verstehen. Maren hingegen fand diese Kombination von Kriminalem und ehemals Kriminellem höchst erfreulich und verstieg sich in der Behauptung, dass nur so eine lebenslange Resozialisierung gewährleistet sein konnte. Sprenz schaute weiterhin empört. Twiete war anfänglich noch ein wenig verstört, da er sich erst der ganzen Tragweite dieser Aussage, beziehungsweise ihrer Intention bewusst werden musste. Und das bedurfte bei Jochen, wie bekannt, immer einer gewissen Zeitspanne. Aber schließlich lachte er doch hellauf und vertiefte damit noch die Empörung des Ersten Kriminalhauptkommissars.

Das gemeinsame Mittagessen beendete Maren durch die Mitteilung, dass die Abgleichung der Akten mit Hauen und deren Bewertung übereinstimmend abgeschlossen sei und der Oberstaatsanwalt nochmals bekundet hatte, dass er weiterhin aktiv, ja noch intensiver, an der Aufklärung dieses Falles mitarbeiten wolle.

*

Dieser Tag sollte es noch in sich haben! Jetzt kam ein Hinweis nach dem anderen. Zuerst ein tagelanges Treten auf der Stelle, Funkstille gewissermaßen; von Johanna Fuchs' zurückgekehrter Erinnerung einmal abgesehen, und nun das! Heiße Ohren sollte es geben! Kaum waren Jochen und Maren wieder in ihrem Büro angelangt – noch keine Brause im Glas und kein frischer Kaffee war gebrüht – da erschien Frau Tholsen, eine junge und sehr hübsche Dame, die sich als Chefredakteurin eines Wochenblattes in Eutin vorstellte. Sie war einerseits mit Herdenbein bekannt und hatte in ihrer Zeitung ab und an über die Arbeit und Erfolge des Inspektors berichtet, andererseits hatte das Blatt auch eine Serie herausgebracht – insgesamt vierzehn Berichte – mit dem schönen Titel: ‚Schleswig-Holsteins Manager – das Privatleben'. Nun hatte die junge Dame fachmännisch kombiniert. Maren und Jochen machten das später ihr gegenüber auch deutlich! Von

Herdenbein wusste sie, dass er in Folge seiner Arbeit auch Drohungen erhalten hatte. Als Journalistin wusste sie außerdem, durch eigene Recherchen oder durch die Mitteilung der Interviewten, über deren Vergangenheit Bescheid. Sie hatte, im Rahmen der Serie, auch über Arne Muthesius, genannt ‚Tycoon von Kiel' berichtet und dessen Villa in Düsternbrook in Augenschein nehmen dürfen. Und dort hatte der Besitzer stolz seine umfangreiche Werkstatt vorgeführt und – sehr von sich eingenommen – erzählt, dass er immer dann, wenn seine geringe Zeit es zuließe, diverse ‚Bastelarbeiten' durchführe. Sie sei ehrlich überrascht gewesen über die professionelle Ausstattung der verschiedenen Werkstätten, in denen Holz- und Schweißarbeiten genauso ausgeführt werden konnten wie elektronische Basteleien. Ihr liege es natürlich absolut fern irgendjemand zu belasten, sie wolle selbstverständlich auch niemanden in die Pfanne hauen, der vollkommen unschuldig sei, aber sie hätte nun einmal kombiniert und sei zu dem Schluss gelangt, dass die Polizei doch auch einmal in diese Richtung recherchieren sollte.

Wie gesagt, Maren und Jochen gratulierten zum Kombinationsvermögen der Redakteurin. Und sie bedankten sich bei der Verabschiedung mit der Zusicherung, selbstverständlich dieser interessanten Mitteilung nachgehen zu wollen.

„Ein schöner Tag für uns", bemerkte Maren Ketels.

„Ein Hinweis von Admiral Brommy, der zweite durch den KOR und jetzt noch die Redakteurin", Jochen Twiete rieb sich die Hände.

„Wir werden dem Muthesius ein weiteres Mal auf den Pelz rücken", versprach Maren.

„Und die Laus finden", ergänzte Jochen.

Das Telefon klingelte und Kommissarin Ketels nahm den Hörer ab.

Nach den ersten Worten stellte sie die Mithörgelegenheit an, so dass auch Twiete informiert war.

Das Gespräch war nur kurz, brachte jedoch den vierten Hinweis auf Muthesius. Haftrichter Staumer war am anderen Ende der Leitung. Ein genauso broddeliger Zeitgenosse wie ehemals Oberstaatsanwalt Heiko Hauen. Staumer war pingelig bis zum Gehtnichtmehr, wenn es um das Ausstellen eines Haftbefehls ging. Nun denn! Also, der Haftrichter hatte sich in den vergangenen Tagen nicht nur Herdenbeins Geschick zu Gemüte geführt, sondern gewaltig in seinem Gedächtnis gekramt, was jene Prozesse anbelangte, bei denen er den Vorsitz geführt hatte und Jens Herdenbein für die Polizeiarbeit zuständig gewesen war. Und er hatte sich daran erinnert, wie ausfällig Arne Muthesius bei der Urteilsverkündung geworden war: Die Verbalinjurien und dann die Ankündigung, Rache am Inspektor zu nehmen. Bei Abwägung aller Verdächtigen, die für ein Attentat auf Herdenbein in Frage kommen könnten, sei er zu dem Schluss gelangt, dass nur Muthesius das Potential habe, so eine Schweinerei durchzuziehen. Vielleicht könnten die werten Kollegen ja mit seinen Überlegungen etwas anfangen. Ende des Telefonats.

Twiete rieb sich ein weiteres Mal die Hände, während Maren zu Sprenz hinüberging, um ihn über die neusten Hinweise zu informieren. Freudestrahlend kehrte sie zurück.

„Richter Staumer war unser vierter Informant, wenn man so will, weißt du wer Nummer Fünf war?"

„Mach's nicht so spannend!"

„Während die Redakteurin bei uns war, hatte auch der Erste Besuch. Und weiß du, wer da war?"

„Mach's nicht so spannend!"

„Giovanni Mercadante!"

„Das ist der Besitzer vom ‚Verdi'. Das ist das Restaurant, in das Jens immer gerne gegangen ist. Scampi senza riso."

„Richtig! Also, dieser Giovanni war bei Sprenz und hat ihm von einem umfangreichen Abendessen in seinem Restaurant berichtet, das Muthesius für einige Geschäftspartner gab. Das war vor ungefähr drei Wochen. Nach dem Menü trank man viel und die Gesellschaft wurde im Laufe des Abends immer ausgelassener. Gegen Mitternacht sprach man Toasts auf verschiedene Leute aus, die Giovanni Mercadante natürlich alle nicht kannte. Doch dann wurde er hellhörig, als der Name Herdenbein fiel. Man trank auf die baldige ‚Himmelfahrt' Herdenbeins. Das fand Giovanni zwar sehr merkwürdig, konnte sich aber auch nichts darunter vorstellen. Und erst gestern Abend, als in seinem Lokal wieder einmal eine sehr ausgelassene Gesellschaft feierte, erinnerte er sich an jene vor drei Wochen, den Toast, und dann auch an den Bericht in den Kieler Nachrichten. Und da fiel es ihm wie Schuppen von den Augen. Der Bombenanschlag auf Herdenbein und dieses Wort ‚Himmelfahrt'. Und wie ich sehe, mein Lieber, bist du ganz schön baff. Das wäre dann schon der fünfte Tipp in Richtung Tycoon!"

Das Telefon klingelte. Diesmal hob Twiete den Hörer ab und stellte augenblicklich die Mithörgelegenheit an.

Ein geprellter Geschäftspartner des Tycoons meldete sich. Nach anfänglichem Zieren nannte er sogar noch seinen Namen. Er wollte der Kriminalpolizei nur mitteilen, dass der Muthesius ihn vor einigen Wochen gewaltig bedroht habe. Wenn er sich in der Zukunft nicht kooperativer zeigen werde, hätte er, der Tycoon, Mittel und Wege, ihn in die Luft zu sprengen. Ob man mit dieser Drohung wohl etwas anfangen könne?

Das konnte man und vielen Dank!

*

Am Abend dieses eigentlich doch schon recht ereignisreichen Tages sollte es zudem noch drei sehr gegensätzliche Aktivitäten geben. Die Plöner ‚Dreierbande' wurde aktiv, der Tycoon trank Bier und das Kommissariat hatte eine Dienstbesprechung, an der auch Oberstaatsanwalt Hauen teilnahm.

Ziemlich geschafft hingen die beiden jungen Kommissare in ihren Schreibtischsesseln und hatten eigentlich nur noch einen Wunsch, endlich nach Hause zu kommen und es Foftein sein zu lassen. Sprenz hatte jedoch auf einer abschließenden Besprechung bestanden auch den Oberstaatsanwalt dazu eingeladen. Maren und Jochen glaubten ihren Ohren nicht zu trauen, als der Erste sie hierüber informierte. Im Grunde war die Besprechung aber recht kurz.

Über die Ereignisse des Nachmittags informierten die Kommissare den Staatsanwalt, der sie zu den neusten Kenntnissen beglückwünschte und daraufhin ihren Wissensstand wie folgt zusammenfasste:

„Erstens, vom übereinstimmenden Ergebnis des Aktenstudiums abgesehen, gibt es leider keine Erkenntnisse, die durch die Recherche dieses Hauses zustande gekommen sind. Wir haben es also weniger mit unserem eigenen Vermögen zu tun, als mit diversen Fremdhilfen."

Twiete schaute ärgerlich drein, Maren erstaunt, Sprenz ließ keine Regung erkennen. Immerhin hatte Hauen im Plural gesprochen!

„Zweitens, wir haben lediglich Hinweise auf einen Täter, wenn auch gehäuft, nicht aber auch nur den Ansatz eines Beweises. Und das bringt mich zum dritten Punkt, wir haben gar nichts in der Hand. Wie wollen wir weiter vorgehen? Haben Sie schon irgendwelche Vorstellungen über Ihre weitere Vorgehensweise?"

Es herrschte Schweigen im Kabuff.

„Lassen Sie uns heute Nacht, nein, lassen Sie uns morgen früh weiter darüber nachdenken. Wie Sie schon bemerkt haben, und Ihnen,

Frau Ketels, habe ich das ja auch schon heute Mittag gesagt, ich werde mich aktiv in Ihren Fall einklinken. Natürlich vorausgesetzt, dass Sie meine Hilfe annehmen wollen."

Die Runde nickte müde mit den Köpfen. Hauen erhob sich lächelnd, wünschte noch einen geruhsamen Abend und verschwand. Jakob Sprenz schloss sich den guten Wünschen an und verließ das Dienstzimmer. Maren und Jochen räumten auf, fuhren die Computer herunter, verschlossen Schreibtische und Wandschrank und schlichen von dannen.

Die Fahrt nach Plön verlief schweigend. In Höhe der Windkraftanlage wendete Jochen Twiete den Kopf nach links und stöhnte kurz auf. Maren forderte ihn auf zu reden. Langsam, bröckchenweise öffnete sich der Kommissar. Er war deprimiert. Seit heute Morgen. Der Anblick Herdenbeins hatte ihm doch mehr zugesetzt, als er sich noch zur Mittagszeit zugestehen mochte. Ein geschundener Körper, dessen er ansichtig geworden war. Wobei er ja nur Gesicht, Arme und Hände wahrgenommen hatte. Wie mochte der Rest des Inspektors ausgesehen haben? Was ihn zusätzlich noch hinunterzog war die Erkenntnis, dass sie überhaupt nichts in den Händen hatten. Zumindest nichts Konkretes. Auch die vielen Hinweise, die sie zweifelsfrei ein Stückchen weiterbringen würden, konnten seine Stimmung nicht verbessern. Vielleicht würde der morgige Tag den Durchbruch bringen?

*

Wie unschwer zu erkennen ist, war die Bereitschaft im Fall Herdenbein aktiv zu werden und vor allem zu helfen, groß: Offiziell das Kommissariat und Oberstaatsanwalt Hauen, halboffiziell: KOR Wölger; privat: Nadja Schlemm – sehr emotional –, dann Frau Fuchs und die Redakteurin aus Eutin als Vertreterinnen der Presse und auf keinen Fall zu vergessen, die Unterwelt, vertreten durch Admiral Brommy. Als Letztes wäre noch zu berichten, dass Offiziöses hinzukam: Die Dreierbande aus Plön.

(An dieser Stelle muss unbedingt eine Erklärung des Autors folgen.) Den nächsten Abschnitt dieses Buches sollten Sie, müssen Sie nach dem Durchlesen sofort wieder vergessen! Ganz schnell! Warum? Nun, die beschriebenen Verhaltensweisen der beteiligten Polizisten entsprechen nicht ganz – eigentlich überhaupt nicht – dem Kodex, dem Beamte sich verpflichtet fühlen sollten!

(Ende der Anmerkung des Autors)

Natürlich war man auch auf der Polizeiinspektion in Plön entsetzt gewesen, als man von jenem Bombenanschlag auf Jens Herdenbein hörte. Besonders betroffen war Henner Jürgens gewesen, der Dienststellenleiter, schließlich hatte er vielfach mit dem Inspektor zu tun gehabt. Mehr als betroffen, ja entsetzt war jedoch die Dreierbande, hatte sie doch der Inspektor immer wieder – das heißt über zehn Jahre hinweg – angefordert, wenn es schwierige, diffizile Dinge zu erledigen galt. Die Dreierbande betrachtete Jens Herdenbein als Chef, als zweiten Chef gewissermaßen. Ursprünglich als Viererbande von Jens Herdenbein angesprochen, war Jochen Twiete nach dem ersten gemeinsamen Einsatz ausgeschert. Der war von den Ermittlungsmethoden Herdenbeins so angetan gewesen, dass er alles daran gesetzt hatte, dessen Spuren zu folgen, gleichsam, in seine Fußstapfen zu treten. Das Ergebnis ist bekannt.

Die Dreierbande in Plön bestand aus den Polizeiobermeistern (POM) Heribert Holtz, dem Schönen, 44 Jahre alt, Hanno Graumann, 39 Jahre alt und Dietmar Lehmbrook, 53 Jahre alt. Holtz war eine imposante Erscheinung. Nicht nur, dass er im Aussehen Richard Gere weitaus überlegen war, auch seine ganze Haltung drückte Gradlinigkeit und Bestimmtheit aus. Die Größe von beinahe zwei Metern beeindruckte darüber hinaus. Lehmbrook bildete gewissermaßen dazu das Pendant. Etwas knitterig, manchmal mürrisch, schätzte man ihn älter ein als er war. Er trug die Haare glatt nach hinten gekämmt, eine Frisur, die ihn unvorteilhaft erscheinen ließ. Seine Uniform spannte über dem Bauch, obwohl er tatsächlich durchtrainiert war. Und Graumann? Einssiebzig groß, wieselflink, ein ausgesprochen guter Schütze, dessen Probleme in der Vergangenheit aber schon Furchen in sein an sich jugendliches Gesicht gezeichnet hatten.

Diese engagierten Herren beließen es nicht bei der Betroffenheit, sondern waren sich von Anfang an darüber im Klaren, dass sie ihren Beitrag zur Aufklärung jenes scheußlichen Verbrechens zu leisten hatten, ja leisten mussten. Da sie ihren normalen Dienst weiterhin ausübten, wurden ihre offiziösen Aktivitäten in die dienstfreie Zeit verlegt. Bekannt geworden war, dass Herdenbein das Attentat überstanden hatte und sich auf dem Weg der Besserung befand. Das wahrscheinliche Tatfahrzeug war ihnen auch bekannt. Schon zwei Tage nach dem Anschlag begannen sie, die Ohren zu spitzen. Später dann auch, gezielt nach dem Wagen zu fragen, da sie vermuteten, dass der Attentäter die Gewohnheiten Herdenbeins ausspioniert hatte, sich ihrem Verständnis nach im weiten Kreis um das Grundstück am Schluensee bewegt haben musste.

An dieser Stelle fragt sich der Autor, wieso man auf der Bezirkskriminaldirektion in Kiel nicht auch auf diese – doch eigentlich nahe liegende – Idee gekommen war und damit die anfängliche Vorgehensweise des Attentäters bisher vollkommen außer Acht gelassen hatte? Da kreisen alle Aktivitäten des Kommissariats um die Identität des Bombenbauers und kein kriminaler Geist kommt auf die Idee, schlichtweg die Vorbereitungen des Täters unter die Lupe zu nehmen.

Geschenkt!

Die Dreierbande wurde auf jeden Fall in der Hinsicht fündig, dass es unter den Badegästen an der Kossauer Badestelle jemanden gegeben hatte, der glaubte, diesen Wagen hier gesehen zu haben. Nicht aber den dazugehörigen Fahrer. Das war nicht viel, aber mehr als Kiel bisher erreicht hatte. Auch beim Tierheim, an der Abzweigung nach Kossau, glaubte man diesen Wagen gesehen zu haben. Da sich Holtz, Graumann und Lehmbrook nicht sicher waren, ob diese ‚Fakten' relevant seien, behielten sie vorerst ihre Erkenntnisse für sich und konzentrierten sich darauf, wer in Plöner Kreisen – und da waren nicht die bürgerlichen gemeint! – eine Unterwelt-Connection zu den entsprechenden Zirkeln in Kiel haben mochte. Und siehe da, sie wurden fündig! Christian, Krischan genannt, Jaspers, der in vielen dubiosen Geschäften ‚unterwegs' war. Kein großer Gangster, doch jahrzehntelang im Geschäft, wenn er nicht gerade wieder einmal eine kürzere oder längere Haftstrafe absolvierte. Sie kannten ihn, er kannte sie, man hatte miteinander zu tun gehabt, zumeist bei Verhören, auch bei Verhaftungen. Der würde allerdings, wie sie wussten, nichts sagen, nicht auspacken! Aber er war ein Angsthase! Und diesen Umstand wollten sich die drei zunutze machen. Der Plan war relativ schnell ausgeheckt, da sie ihn – wann immer es ihre dienstfreie Zeit erlaubte – observiert und eine seiner Freizeitbeschäftigungen entdeckt hatten. Krischan nahm jeden Abend gegen einundzwanzig Uhr ein erfischendes Bad an der Kossauer Badestelle, also direkt neben Herdenbeins Grundstück.

Auch Graumann, Lehmbrook und Holtz wollten nun gerade an diesem Abend ein erfrischendes Bad nehmen. Und auch sie hatten sich dazu die Kossauer Badestelle auserkoren.

Welch unerhörter Zufall!

Kurz nach zwanzig Uhr kamen die drei an ihrem ‚Tatort' an. Holtz parkte seinen neuen maritimblauen Passat Trendline – ein Fahrzeug, das zum schönen POM so richtig passte! – am oberen Ende des Parkplatzes nahe des Abhangs und des Buschwerks. Es versprach ein wunderbarer Abend zu werden. Der Tag war heiß gewesen, eigentlich schon unerträglich heiß. Jetzt waren die Temperaturen heruntergegangen, so dass man sich richtig wohl fühlen konnte. Die tatendurstigen Polizeiobermeister, selbstverständlich in Räuberzivil, holten Decken, Proviant und Bier aus dem Kofferraum, um anschließend die Abgrenzung zur Badewiese zu überklettern und sich in der Nähe der Kastanie häuslich niederzulassen. Die lärmenden Kinder waren bereits mit ihren Eltern nach Kossau oder anderen Urlaubsdomizilen zurückgekehrt. Radaumachende, großspurige und liebestolle Teenager würden den Badeplatz erst gegen dreiundzwanzig Uhr aufsuchen. Diese Recherche hatte zu den dienstlichen gehört, denn die Polizei Plöns klapperte vor allem abends und nachts die diversen Bademöglichkeiten rund um die Kreisstadt ab, um wilde Camper und randalierende Jugendliche in die Schranken zu weisen.

Graumann, Lehmbrook und Holtz machten es sich auf ihren Unterlagen gemütlich und stärkten sich bei Bier und belegten Broten. Obwohl sie ihren Einsatz etliche Male durchgesprochen hatten, gingen sie nochmals die Einzelheiten, das heißt den Ablauf ihrer ‚verdeckten Polizeiarbeit', durch.

Die letzten beiden Autos mit Badefreunden verließen den Platz, die drei waren allein.

Um viertel vor Neun schlüpften sie in die Badehosen.

Der passivste Teil des Einsatzes war Lehmbrook vorbehalten. Der ging langsam zum Ufer und noch langsamer ins Wasser. Die Wassertemperatur des Schluensees betrug 21 Grad Celsius. Dennoch empfand der wackere POM das Nass als äußerst unangenehm, ja, beinahe schon kalt. Das mochte aber auch damit zusammenhängen, dass der Gute schon seit Jahren nicht mehr in öffentlichen Gewässern gebadet hatte und die über ihn hereinbrechende Natur nun Kältegefühle auslöste. Nachdem er sich nass gespritzt hatte, schwamm er die wenigen Meter zur Badeinsel – eine Pontonkonstruktion, die von den Kindern in der Regel in heftigstes Schwanken gebracht wurde – und kletterte die Treppe empor. Nach einem kurzen Winken legte sich Lehmbrook auf der dem See zugewandten Seite nieder, so dass er vom Ufer kaum gesehen werden konnte.

Nun stieg Holtz in Höhe der Kastanie ins Wasser und schwamm fünfzig Meter auf den See hinaus, um dann langsam – gleichen Abstand haltend – die Pontonkonstruktion zu umschwimmen.

Krischan Jaspers Mercedes 200 CDI fuhr bis an die Absperrung heran und der am heutigen Abend zu ‚Befragende' stieg aus.

Jaspers galt nicht nur als Angsthase, er sah auch genauso aus. Klein von Gestalt, höchstens einsfünfundsechzig, schmächtig, beinahe schon abgehärmt. Unverhältnismäßig große Ohren, dazu Augen, die sich unruhig hin- und herbewegten. Kein prüfender Blick, mehr ein gehetzter. Er war achtundvierzig Jahre alt, wirkte aber jünger, da er zu den Sonnenanbetern gehörte und sein ganzer Körper einen schönen braunen Teint aufwies.

Wenige Minuten nach seiner Ankunft stürzte er sich, ohne weitere Beobachtung des Platzes, in die angenehmen Fluten des Sees und schwamm mit ruhigen Zügen zur Badeinsel. Graumann folgte ihm Sekunden später, wurde jedoch vom Ganoven nicht wahrgenommen.

Krischan Jaspers und Heribert Holtz erreichten ihr Ziel, die Badeinsel, zur gleichen Zeit. Krischan von vorn, Heribert von hinten.

Als sich Krischan hochziehen wollte, schaute er vollkommen unerwartet in das Gesicht von Lehmbrook und ließ sich vor Schreck wieder ins Wasser fallen. Graumann befand sich nun wassertretend genau hinter ihm.

„Was machst du denn hier?", rief Jaspers verdattert.

„Ich nehme ein abendliches Bad!", rief Lehmbrook fröhlich zurück.

Krischan wollte sich ein zweites Mal auf die Badeinsel ziehen, doch Lehmbrook stieß ihn zurück und Graumann dükerte ihn unter.

„Was soll denn das?!", prustete Krischan, drehte sich herum und sah Graumann an.

„Wer hat Herdenbein in die Luft gejagt?", fragte Lehmbrook mit ruhiger Stimme.

„Seid ihr mall?"

„Nein, nur neugierig", antwortete Graumann und machte Anstalten, den Verblüfften ein weiteres Mal unterzutauchen.

Jaspers bekam es wohl mit der Angst zu tun, denn er begann nun rechts um den Ponton herumzuschwimmen, und sah sich plötzlich Holtz gegenüber.

„Verdammt!", rief er aus, „was wollt ihr von mir?"

„Nur eine Antwort", sagte Holtz und ließ einen Schwall Wasser über das Gesicht seines Gegenübers schwappen.

„Wollen wir ihn nicht an Bord kommen lassen?“, fragte Lehmbrook.
„Wenn er singt“, meinte Graumann.
„Was soll ich, singen?“
„Ja, wer Herdenbein in die Luft gejagt hat?“
„Das weiß ich doch nicht! Wieso soll ich das wissen?“
„Weil du ein Gauner bist“, antwortete Graumann.
„Ich weiß nichts!“
Graumann tunkte Krischan ein weiteres Mal unter Wasser.
Dann wechselten sie sich ab. Mal Lehmbrook von oben, dann Holtz von rechts, dann wieder Graumann von links. Sie hatten ihre Vorgehensweise genau abgesprochen. Kein Leid sollte diesem unangenehmen Plöner Kleingangster zugefügt werden. Er sollte lediglich ein wenig schlottern, was er bereits tat, und das hatte wahrlich nichts mit der Temperatur des Wassers zu tun. Ein wenig Angst wollten sie ihm einjagen. Eine Betätigung, die ansonsten dem gerade wieder einmal Getunkten eigen war. Und sie kamen ihrem Ziel näher, denn der Wasserfreund bat, auf die Badeinsel gelassen zu werden. Dieser Bitte kam man großzügigerweise nach. Da hockten sie einträchtig beieinander. Diesen Eindruck hätten zumindest am Ufer stehende Personen gehabt, nur stand zu diesem Zeitpunkt niemand dort.
„Ich weiß nichts, das müsst ihr mir glauben. Ich hab' aber was gehört.“
„Das ist prima, das möchten wir auch hören, oder?“, fragte Holtz und die beiden Kollegen nickten zustimmend.
„Man sagt, dass es eine Kieler Größe war.“
„Genauer“, meinte Graumann, „wie groß war denn die Größe?“
Jaspers druckste und zitterte.
„Wir werden es nicht weitersagen, dass du uns etwas erzählt hast“, versprach Lehmbrook.
„Der Tycoon.“
„Muthesius?“, fragte Lehmbrook nach.
Krischan nickte.
„Fährt der eventuell einen alten Golf III?“, fragte Holtz, der sich plötzlich an die eigenen Ermittlungen erinnerte.
„Der doch nicht!“, rief Krischan direkt empört aus, „der fährt 'ne riesige Kiste. Weiß nicht welche.“
„Gut, dann schwimmen wir am besten zurück. Erst wir, dann du, Krischan“, bestimmte Lehmbrook.
„Ich hab' euch nichts gesagt!“

„Natürlich nicht, wann solltest du uns etwas gesagt haben? Wir haben dich schon seit Monaten nicht mehr gesehen“, meinte Graumann treuherzig, „oder habt ihr den Krischan irgendwann einmal getroffen?“

Die Kollegen verneinten die Frage.

„Siehst du, Krischan, wir haben dich nicht gesehen und du uns nicht, also kannst du uns auch nichts vorgesungen haben. Schönen Abend noch!“

Lehmbrook ließ sich ins Wasser gleiten, dass ihm jetzt sehr angenehm vorkam. Holtz und Graumann folgten.

Als Holtz seinen Wagen gestartet hatte und sie die Badestelle verließen, zeigte ihnen ein letzter Blick, dass auch Christian Jaspers den Ponton verließ und langsam ins Wasser glitt.

„Eigentlich doch ein netter, mitteilsamer Zeitgenosse, wenn man's so recht bedenkt“, stellte Graumann zufrieden fest.

*

Jens Herdenbein ging es gut, ja, er fühlte sich jetzt kurz vor Mitternacht richtig wohl. Das war ein schöner Tag gewesen. Am Morgen der Besuch des jungen Kollegen. Verbunden damit das Bewusstsein, dass man sich allerorten um die Aufklärung des Attentates auf ihn bemühte. Das Mittagessen war ordentlich gewesen. Am frühen Nachmittag hatte ihm Heiko Hauen einen Krankenbesuch abgestattet. Und – welch unerwartetes Wunder! – sie hatten nichts Dienstliches besprochen, eine vollkommen neue Erfahrung für Herdenbein. Wenig später war Margit mit selbstgebackenem Butterkuchen bei ihm erschienen und sie hatten ein derart vertrauensvolles, liebes Gespräch geführt, wie seit beinahe einem Jahr nicht mehr.

Vorläufiger Höhepunkt des Tages war der Besuch seiner drei Ärzte gewesen, denen er ordentlich zugesetzt hatte und die eine eventuell doch frühere Entlassung in den Bereich einer möglichen Überlegung gezogen hatten. Oh ja, sie waren sehr vorsichtig in ihrer Formulierung gewesen! Die gesundheitlichen Fortschritte seien ja überraschend gut und wenn es so weiterginge, man würde sehen und auch mit sich reden lassen. Da waren diese ‚Eventuells' gewesen und dazu noch ein paar Konjunktive, aber immerhin! Er wollte raus, auf Deubel hinaus, und er sah jetzt Land in Sicht.

Und dann der Abend, der lange Abend mit Nadja Schlemm. Mit Nadja. Herdenbein lehnte sich entspannt zurück und ließ das Gespräch Revue passieren. Auch in dieser Richtung bahnte sich eine positive Veränderung an, die er nicht für möglich gehalten hatte und die man selbstredend langsam angehen musste.

Mit einem leichtem Lächeln auf dem Gesicht schlief der Inspektor a. D. ein.

*

„Mir geht's nicht gut! Das sehen Sie ja selbst. Ich trink Bier. Ein normales Bier. Holsten. Holsten macht am vollsten. Holsten dröhnt am dollsten. Soweit bin ich gekommen. Da hab' ich mir diesen teueren Dom Pérignon geleistet, dieses französische Sprudelwasser, weil ich dachte, jetzt bin ich der mit den Beinen auf der Erde und der Herdenbein ist himmelwärts gefahren. Hat nicht geklappt, der zähe Kerl überlebte, also gönne ich mir diesen Petrus aus Frankreich, Bordeaux oder so. Und was is? Diesem Scheißkerl von Kriminalhauptkommissar geht es gut, geht es immer besser. Ich sitze da und plane und plane, das hat mich viel Zeit gekostet, können Sie mir glauben, sprenge ihn, diesen vermaledeiten Kerl in die Luft und was is? Dem geht's besser. Ha! Noch ein Holsten! Is keins mehr da, muss ich eins holen."

Muss er uns immer wieder anöden?

Mit onduliertem Gang machte er sich auf den Weg in die Küche und zum Kühlschrank. Mit weiteren zwei Flaschen gekühltem norddeutschen Gerstensaft kehrte er zurück, stellte sie ab und ließ sich in die weichen Polster sinken. Auf dem schweren Eichentisch vor ihm stand bereits eine ganze Batterie leergetrunkener Flaschen. Er setzte die bereits in der Küche geöffnete Flasche an den Mund.

„Bier, sag' ich immer, muss man aus der Flasche trinken, so schmeckt es am besten. Die, die anderer Meinung sind, können mich mal. Jawohl! Alle können mich mal. Kreuzweise. Ich bereite alles so gut vor und dann funktioniert das nich richtig. Was war falsch? Weiß ich nich! Kann ja auch niemanden fragen. Das wäre was! Die würden mich doch sofort alle in die Pfanne hauen. Haben alle was gegen mich. Mögen mich nich, weil ich was bin. Weil ich wieder etwas geworden bin und sie, sie krabbeln immer noch im Staub rum. Ich sag' Ihnen ganz ehrlich, das Schicksal meint es ungerecht mit mir. Jawohl! Hab' mich immer wieder aufgerappelt und nun dieser Tritt in den Arsch. Ich meine vom Schicksal! Sie verstehen das, oder? Na, is ja auch egal. Ich trink heute mal den Kühlschrank leer. Prost!"

5.
Einkreisung

9. Tag, Freitag, 8. Juli 2005

Der Oberstaatsanwalt lehnte angespannt am geöffneten Fenster. Die Kommissare Jochen Twiete und Maren Ketels saßen an ihren Schreibtischen. Jakob Sprenz, der Erste Kriminalhauptkommissar, stand in der offenen Tür. Allen gemeinsam war der zweifelnde Blick auf Herdenbeins ehemaligen Schreibtisch. Was erregte ihren Zweifel? Warum starrten sie wie das Kaninchen auf die Schlange? Welche zweifelhafte Errungenschaft war an jenem Ort platziert?

Fragen!

Nun, dort stand ein Hoovercraft. Wie bitte? Also ein Luftkissenboot. Genauer, das Modell eines Hoovercraft. In den Farben weiß und rot. Ein weißrotes Modell-Luftkissenboot. Und es stand im Trockenen, was auf einem alten Schreibtisch im Dienstzimmer von Kommissaren natürlich eine Selbstverständlichkeit war, zumal es dort im passiven Zustand lagerte, oder wenn man so will, festgemacht hatte oder auf Grund gelaufen war. Allerdings war auch die Demonstration seiner Fähigkeiten – also seine Aktivierung – nicht im nassen Element erfolgt, sondern hatte auf dem langen Flur der Bezirkskriminaldirektion stattgefunden. Was? Jawohl!

Die Vorstellung einer solchen Vorstellung erweckt eigentlich Amüsement. Hier nicht! Die drei Herren und die anwesende Dame waren von ihren Gefühlen hin- und hergerissen. Sollten sie die morgendliche Vorführung ernst nehmen? Das mussten sie wohl, denn genauso war sie gedacht. Heißt aber ernst nehmen auch den Stil, die Vorgehensweise zu akzeptieren, zu rechtfertigen? Nein! Komisch wäre an sich die richtige Bezeichnung für die Demonstration des Landeskriminalamtes, respektive seiner Vertreter gewesen. Nur hatten diese beiden Herren – es handelte sich wieder einmal um die LKA-Vertreter Korn und Astheimer – nicht den gleichen Background wie die Vertreter des Kommissariats und die konnten nichts daran komisch finden. Nein, eher grotesk erschien ihnen die Situation. Und eigentlich auch geschmacklos, beinahe schon blasphemisch, wenn sie an Jens Herdenbein dachten, der dem Tod gerade noch einmal von der Schippe gesprungen war. Da gab es auf der einen Seite den Mordversuch an ihrem Inspektor und auf der anderen Seite diese ewig fröhlichen LKA-Typen mit ihrer naiven Spielerei. Hoovercraft!

Wie von ihm angekündigt, war Oberstaatsanwalt Hauen am Morgen in der Direktion erschienen. Er hatte zuerst Jakob Sprenz aufgesucht, ein paar freundliche, wenn auch belanglose Worte gewechselt und war dann zusammen mit dem Ersten zum Dienstzimmer der Kommissare Twiete und Ketels gegangen. Sie waren noch nicht dort angekommen, als die beiden Mitarbeiter des LKA auf dem Flur erschienen, lauthals auf sich aufmerksam machten und Sprenz und Hauen zum Innehalten veranlassten. Durch das laute Gebaren aufgeschreckt, kamen Maren und Jochen aus ihrem Kabuff heraus, trafen auf ihren Vorgesetzten und den Oberstaatsanwalt und erwarteten mit diesen die aufgeregten LKAler. Korn trug Undefinierbares, weil in einem weißem Bezug eingeschlagen, unter dem Arm, Astheimer war die Vorfreude auf das Kommende schon ins Gesicht geschrieben.

„Wie versprochen bringen wir die endgültigen Ergebnisse unserer kriminaltechnischen Untersuchung persönlich vorbei", japste Astheimer und wedelte gleichzeitig mit dem dicken Abschlussbericht in der Luft herum.

„Und wir demonstrieren Ihnen plastisch die Auslösung des Sprengsatzes", verkündete Korn stolz.

Ihre lautstarken Ankündigungen hatten weitere Mitarbeiter der Direktion aus ihren Zimmern treten lassen, die nun gespannt, mehr noch amüsiert, auf die ‚Auslösung eines Sprengsatzes' warteten.

Nun erfolgte eine knappe mündliche Instruktion, die von einer praktischen Demonstration gekrönt wurde. Einige der Zuhörer beziehungsweise Zuschauer mochten an eine absurde Theatervorstellung im Stil Ionescos gedacht haben.

Korn legte das Undefinierbare – immer noch in einem Kopfkissenbezug, denn um einen solchen handelte es sich! – auf dem Boden ab, während Astheimer eine Funkfernbedienung aus der linken Jackettasche hervorzauberte und die Antenne herauszog.

„Die elektronische Auslösung eines Sprengsatzes erfolgte mittels einer Fernbedienung, wie sie mein Kollege Astheimer in den Händen hält."

Astheimer hob eine primitive Fernbedienung in die Luft und zeigte sie in beide Richtungen des langes Flures.

Show des LKA!

„Diese primitive Fernbedienung ist in der Lage mehrere, genau gesagt, vier Funktionen auszufüllen, die Ihnen der Kollege Astheimer jetzt anhand einer kleinen Demonstration vor Augen führen wird. Es sei einschränkend gesagt, dass zum Auslösen eines Bombenzünders natürlich nur eine der Funktionen benötigt wird."

Korn beugte sich plötzlich nach vorn, riss den weißen Bezug empor und betätigte einen Schalter, während Astheimer die Fernbedienung ausrichtete. Augenblicklich war der hallende Flur von großem Lärm erfüllt. Erschreckt starrten die Mitarbeiter auf Korns Füße, vor denen sich plötzlich ein rotweißes Ding zwei Zentimeter emporhob, um dann – Astheimer war aktiv geworden – mit kreischendem Geräusch auf diesen oder jenen loszurasen. Jetzt war auch erkennbar, was dieses bisher Undefinierbare, dieses rotweiße Ding, für ein Objekt war: Ein Luftkissenboot, dessen unterer Gummiwulst aufgeblasen worden war und das Gefährt vom Boden abhob. Gleichzeitig waren zwei große, an der Rückseite montierte Propeller aktiviert worden – das kreischende Geräusch! –, so dass das Boot über den Steinboden raste. Da das Hoovercraft schneller war als Astheimers Reaktionen, prallte es gegen Wände, Füße und diverse Einrichtungsgegenstände, die an den Wänden des Flures abgestellt waren. Erschreckt sprangen die Augenzeugen zurück und verschwanden kopfschüttelnd in ihren Büros.

Zurück blieben die drei Kommissare und der Staatsanwalt.

Astheimer und Korn deaktivierten ihr Spielzeug und brachten es in das Büro von Twiete und Ketels, die sprachlos hinterstapften, genauso wie Hauen und Sprenz. Die LKAler platzierten das Spielzeug auf Herdenbeins Schreibtisch und legten ihre schriftliche Darlegung daneben.

„Es folgt eine Kurzfassung unseres Abschlussberichtes", kündigte Korn an. „Das zerstörte Auto wurde unter unserer fachkompetenten Leitung durch die Kriminaltechnik unseres Hauses untersucht. Wir hatten große Schwierigkeiten die Zündvorrichtung zu erkennen, da sie zum einen praktisch zerstört war und zum anderen aus dem üblichen Rahmen fiel. Keine Profiarbeit, mehr Bausatztechnik! Wir haben lange getüftelt, bis wir zu der Erkenntnis gelangten, dass es sich um Teile eines Spielzeugs handeln musste. Kurz und gut, beim Empfänger der Fernzündung haben wir es mit einem Bauteil eines Hoovercraft zu tun. Dieses vor Ihnen stehende Vehikel gehört meinem Enkel. Kein Zufall, nein, aber das erklären wir später. Wenn Sie so wollen, hat der Täter Sender und Empfänger eines Spielzeugs benutzt, um Ihren Kollegen Herdenbein in die Luft zu sprengen. Was ihm Gott sei Dank nur unvollkommen gelungen ist!"

Astheimer war während der ‚kurzen' Erklärung seines Kollegen von einem Fuß auf den anderen gewechselt.

„Ist es nicht fantastisch? Ein Sprengmechanismus aus einem Luftkissenboot?“, begeisterte sich Astheimer. „Darauf muss man erst einmal kommen!“

„Ich bitte Sie, meine Herren!“, rief Sprenz empört aus.

„Allerdings alles in allem eine höchst schlampige Ausführung. Keine Profiarbeit. Kann ich trotz der mannigfaltigen Zerstörungen mit Sicherheit sagen.“

Astheimer war überhaupt nicht auf die Empörung des Ersten eingegangen.

Den beiden jungen Kommissaren hatte es die Sprache verschlagen. Hauen pumpte Luft, gleich musste eine Explosion ganz anderer Art erfolgen.

Die beiden Herren vom LKA, wahre Kapazitäten auf ihrem Gebiet, schienen jedoch in ihrem Element zu sein, denn weder Empörung, noch Sprachlosigkeit oder das kurz bevorstehende Ende einer mühselig aufrecht erhaltenen Beherrschung vermochte sie in ihrer Begeisterung und ihrem Redefluss zu hemmen. Wenn ihre bisweilen humorige Schilderung einer Kurzfassung entsprach, wie langwierig – wenn auch nicht langweilig! – musste dann eine detailliertere Information aussehen?

„Was lange währt, wird endlich gut“, setzte Korn seine Instruktionen fort, „wir haben lange benötigt, um Ihnen diese Informationen zukommen zu lassen, und natürlich diesen Bericht zu schreiben“, er wies auf den großen Stapel Blätter neben dem Hoovercraft, „aber wir sind noch weitergegangen. Weiter als es unser Aufgabenbereich eigentlich vorsieht. Das lag natürlich an unserem Entzücken! Wir können Ihnen daher zusätzlich die beiden Vertreiber dieses hübschen Spielzeugs in Deutschland nennen.“

„Ja, wir waren so begeistert von der Idee dieses Spielzeugboot als Ausgangsobjekt einer Bombe zu nutzen“, ergänzte Astheimer seinen Kollegen, „dass wir, wie gesagt, die beiden vertreibenden Firmen ausfindig gemacht – Pearl und Euro-Tops – und zugleich zwei Exemplare geordert haben. Sehen Sie, wenn das LKA etwas ordert, dann geht eben alles ruckizucki. Wir haben das erste Luftkissenboot natürlich vollkommen auseinander gebaut, genau analysiert und unsere Vermutungen hinsichtlich der Reste in Herdenbeins Wagen absolut bestätigt gefunden. Korns Enkel erfreut sich am zweiten Objekt, das vor Ihnen steht und das wir am morgigen Tag wieder abholen werden.“

„Rrrraauuuussss!“, schrie Heiko Hauen, der nicht mehr an sich halten konnte.

Korn und Astheimer stutzten, sahen den Oberstaatsanwalt einen Moment empört an und wandten sich dann wieder – die Ruhe selbst – den Kommissaren zu.

„Zum Zünder des Sprengsatzes und zum Sprengstoff“, fuhr Astheimer fort, „beides solide, wenn auch dilettantische Heimarbeit.“

Hauen bewegte sich langsam vom Fenster abrückend auf die beiden Koryphäen des LKA zu.

Vollkommen unbeeindruckt ergänzte Korn:

„Unser kleiner Bombenstümper – er hätte besser vor Beginn seines Handelns einmal ins Internet schauen sollen! – hat aus Nitrat, Zucker und Dieselöl einen kleinen explosiven Kuchen gebacken und der ist ja auch losgegangen. Ich benutze dieses Verbum mit Absicht: Der Kuchen ist losgegangen und hat auch eine nicht unbeträchtliche Explosion verursacht. Das Verhältnis der Zutaten untereinander zu diesem Kuchen hat, zum Glück für den Kollegen Herdenbein, nicht gestimmt. Abgesehen davon hätte unser Bastler besser Ammonium-Nitrat, wir sagen NH4NO3, nehmen sollen. Dazu ein wenig Diesel, vermischt mit einer guten Portion Metallteilchen, sich noch ein bisschen besser über die Zusammensetzung informieren sollen, und er hätte sein Ziel erreicht. Und das haben wir jetzt auch. Nein, noch eine letzte Information: Sowohl Nitrat, als auch Ammonium-Nitrat sind überall frei erhältlich und werden als Düngemittel vor allem in der Landwirtschaft verwendet. Zucker finden wir natürlich in jedem Haushalt.“

Der Oberstaatsanwalt stand jetzt vor den Vertretern des LKA und sah derart gefährlich aus, man könnte hier auch von explosiv sprechen, dass diese – ihr kurzer Vortrag war ja überdies beendet – den Raum verließen.

„Wow!“, entfuhr es Twiete.

Und jetzt wären wir wieder am Beginn dieses Kapitels angelangt.

Stille Betrachtung des vorgestellten Objekts.

Gedankenschweres Sinnen über den Vortrag oder die Vortragenden?

Hauen verließ, immer noch mit rotem Gesicht, die betretene Versammlung.

„Düwel ook!“, fluchte er an der Tür, als er an Sprenz vorbeilief. Und schon auf dem Flur und den beiden Kommissaren zugewandt: „Wir treffen uns nach dem Mittagessen, ich benötige jetzt eine Menge frischer Luft!“

„Ich werde mich auf der Stelle mit diesen Firmen in Verbindung setzen“, erklärte der Erste beim Verlassen des Dienstzimmers, „mal sehen, welche Namen in den Bestelllisten auftauchen.“

*

Schon das Betreten der Kantine bewirkte bei Jochen Twiete das Gefühl aufkommender Freude. Ganz im Gegensatz zu seinem ehemaligen Chef empfand er die Auswahl der angebotenen Speisen als reichlich und abwechslungsreich, dazu kam das Bewusstsein: Hier werde ich satt. Wahrscheinlich gab es zwischen Twietes leptosomem Körperbau und seinem Sättigungsbedarf einen korrespondierenden Austausch, der hatte allerdings in all den Jahren nicht dazu geführt, dass der Gute auch nur ein Gramm zugenommen hatte. Die Bezeichnung ‚Wandelnde Bohnenstange’ träfe genau den Punkt. Maren Ketels war im Gegensatz zu ihrem Verlobten schon etwas wählerischer, wenngleich auch sie nie mit dem Problem konfrontiert wurde, etwas aus Diätgründen ablehnen zu müssen. Beide kamen an diesem Mittag auf ihre Kosten: Ein Sommersalat – hier hätte Herdenbein schon die Augenbrauen hochgezogen und gefragt, was diese Bezeichnung denn ausdrücken solle – mit Putenbruststreifen für Maren, ein Bauernfrühstück – Twiete wusste bei seiner Bestellung genau, welchen Kommentar der Chef von sich gegeben hätte – für die ‚Wandelnde Bohnenstange’. Beide waren zufrieden, also sind wir es auch!

Die Dreierbande erschien persönlich auf der Bezirkskriminaldirektion. Angelockt vom Kaffeeduft marschierten sie im Gänsemarsch und zufällig der Größe nach geordnet – Holtz, Graumann, Lehmbrook – den Gang entlang und fanden Maren und Jochen in ihrem Dienstzimmer vor. Große Wiedersehensfreude! Die Viererbande war wieder einmal komplett! Twiete bot vergeblich seine obligatorische Brause an, den frischgebrühten Kaffee versagten sie sich nicht. Selbstverständlich gab man sich in der ersten Viertelstunde nur den, beinahe schon verklärend, Döntjes aus alten Tagen hin.

Lehmbrook ergriff schließlich das Wort.

„Wir wollen unseren Beitrag zur Aufklärung des Attentates leisten.“

„Und wir sind fündig geworden“, ergänzte Holtz.

„Nach einer peinlichen Befragung …“

„Mit der Betonung auf peinlich“, unterbrach Holtz seinen Vorredner.

„… also nach einer intensiven Befragung einer Plöner Unterweltgröße …“

„Wenn es so etwas in Plön überhaupt gibt!", unterbrach Holtz ein weiteres Mal.

„... sind wir zu der Erkenntnis gelangt, dass Arne Muthesius aller Wahrscheinlichkeit nach der Urheber des Bombenanschlags war."

„Bravo!", rief Twiete enthusiastisch aus und schlug dabei mit beiden Händen auf seine Schenkel, „noch ein Hinweis auf den Tycoon. Kinder, das habt ihr gut gemacht! Erzählt!"

Graumann berichtete zuerst von ihren Kraftfahrzeugrecherchen und wurde begeistert von Maren unterbrochen.

„Das wäre ja schon der zweite Hinweis von Ihnen! Vor allem können wir jetzt eine Verbindung zwischen Fuchs' Aussage und Ihrer Beobachtung herstellen. Der Täter erkundet das Umfeld des Inspektors und dabei wird sein Wagen erkannt: ein alter Golf III. Der Täter führt den Anschlag durch und wieder wird sein Auto erkannt. Fantastisch! Machen Sie weiter Herr Graumann."

Die Schilderung des nächtlichen Bades im Schluensee mit einer Plöner ‚Unterweltgröße' wurde von Twiete begeistert aufgenommen. Maren Ketels hielt sich mit ihren rechtlichen Bedenken zurück, um die Stimmung nicht eintrüben zu lassen.

Dankbar ließen die beiden Kommissare die Dreierbande ziehen, die sich anschickte, in Preetz bei ihrem Inspektor noch einen Krankenbesuch zu absolvieren.

Maren Ketels rief Henner Jürgens in der Plöner Polizeiinspektion an und bat ihn, Holtz, Graumann und Lehmbrook mit einer weiteren Recherche im Hinblick auf Muthesius' Wagen zu betrauen. Das war vom Dienstplan her kein Problem und wurde selbstverständlich zugesagt.

Die beiden Kommissare nahmen sich die schriftliche Darlegung des Landeskriminalamtes vor, der detaillierter die Ergebnisse beschrieb, die ihnen die Herren Astheimer und Korn schon enthusiastisch untergejubelt hatten. Der Bericht war dagegen von äußerster Präzision und Sachlichkeit geprägt.

*

Um fünfzehn Uhr tauchte der Oberstaatsanwalt wieder auf; er hatte sich regeneriert, wie er sich auszudrücken beliebte.

„Ich habe einige Zeit im Schrevenpark zugebracht. Ich habe die Wasservögel am und auf dem Teich beobachtet. Das gibt innere Ruhe. Vermaledeites LKA!"

„Der Inspektor hat auch des Öfteren eine Ruhepause am Schreventeich eingelegt", erklärte Twiete.

Hauen lachte auf, aber es klang mehr brummig als heiter.
„Den Tipp vom Schrevenpark habe ich von Jens Herdenbein“, gab Hauen zu.
Maren und Jochen staunten. Der Oberstaatsanwalt hatte sich seit dem letzten Dienstjahr Herdenbeins von einem mehr passiven Begleiter kriminalkommissarischer Tätigkeiten zu einem aktiven Förderer mit persönlichem Einsatz gewandelt. Warum?
Und schon erklärte er sich.
„Wissen Sie, Frau Ketels, Herr Twiete, mir ist der Inspektor in den letzten Jahren, trotz aller Differenzen, richtig ans Herz gewachsen, vielleicht auch Ihretwegen. Gut, lassen wir das, kommen wir zur Sache.“
Maren berichtete von den Erkenntnissen der drei Polizisten aus Plön. Hauen schmunzelte, als die peinliche Befragung zur Sprache kam.
„Zwei Hinweise auf Muthesius mehr, das ist schön“, stellte Hauen befriedigt fest.
„Er ist der, den wir suchen!“, rief Twiete aus.
„Sind wir uns dessen sicher?“
Maren und Jochen nickten zustimmend.
„Was wir haben, sind Hinweise. Zugegebenermaßen jetzt sogar acht an der Zahl. Eine Verdichtung hinsichtlich dieses Muthesius. Aber was haben wir gegenüber diesem Kerl in der Hand?“
„Nichts.“
Mit diesem einem Wort drückte Maren aus, was Sache war und wo sie mit ihren Ermittlungen standen.
„Viele Hinweise, nichts Konkretes, vor allem keinen einzigen Beweis und vom Täterauto weit und breit keine Spur“, bemerkte Twiete.
„Was wollen Sie unternehmen? Was sollten wir unternehmen?“
„Eine Hausdurchsuchung?“, fragte Maren mit dünner Stimme und wenig Überzeugung.
„Eine Hausdurchsuchung würde uns unter Umständen weiterbringen. Nur, wenn ich bei der jetzigen Beweislage, selbst dieses Wort ist hier schon zu hoch gegriffen, wegen des Durchsuchungsbeschlusses zum Richter gehe, dann lacht der mich glattweg aus, was ich auch verstehen kann. Ergo müssen wir diese Aktion auf einen späteren Zeitpunkt vertagen.“
„Während die Plöner nach weiteren Zeugen suchen, die den Golf III beobachtet haben und unsere Polizisten dabei sind den Wagen in Kiel und Umgebung aufzuspüren, sollten wir Muthesius observieren“, schlug Twiete vor.

„Mit welchem Ziel?“, fragte der Oberstaatsanwalt.
„Vielleicht steht das Fahrzeug noch in seiner Garage?“
„Sie waren schon einmal in seinem Haus?“
„Tolle Villa in Düsternbrook“, rief Jochen begeistert aus, „und hat ’ne breite Garage, da könnten auch zwei Fahrzeuge stehen.“
„Besser als nichts“, meinte Hauen lakonisch, „machen Sie das!“
Beim letzten Wortwechsel war der Erste im Dienstzimmer erschienen. Da alle Plätze besetzt waren schritt er – mit strahlendem Lächeln – zum Fenster, wobei er mit einem Zettel in der Luft herumwedelte.
„Besser als nichts, was soll das bedeuten?“, fragte er.
Ihm ward durch Maren Aufklärung zuteil. Sprenz zwinkerte vergnügt mit seinen kleinen Äuglein. Da war doch was im Busch?
„Meine Herren und Frau Ketels natürlich, ich habe mehr als nichts zu vermelden.“
Jakob Sprenz ließ einige Sekunden verstreichen und freute sich diebisch.
„Sie würden ‚Bingo’ sagen, Herr Twiete. Der Tycoon hat sowohl bei Euro-Tops als auch bei Pearl Bötchen gekauft. Hoovercraft-Boote! Bei Euro-Tops drei und bei Pearl zwei. Genau das Gleiche wie dieses hier auf dem Schreibtisch vom Inspektor. Ich finde das übrigens nicht sehr clever von Muthesius, gleich mehrere Boote zu kaufen. Aber wahrscheinlich hat er nicht damit gerechnet, dass Spielzeugboote und Bomben in Zusammenhang gebracht werden könnten. Egal, das ist doch eine Sache, oder?“
„Ein weiterer Hinweis, lieber Kollege Sprenz, sogar der neunte! Aber wieder kein Beweis“, gab der Oberstaatsanwalt zu bedenken.
„Aber ein starker Hinweis“, betonte der Erste. „Das LKA ist sich doch sicher. Oder steht etwas anderes in dessen schriftlichem Bericht?“
Maren und Twiete nickten zustimmend.
„Übrigens, etwas ganz anderes. Auf Grund Ihres vorherigen Berichtes schlage ich vor, mit der Observierung von Muthesius so lange zu warten, bis uns die Kollegen mitteilen, ob sie bei ihrer Suche in der Stadt oder der Umgebung fündig geworden sind. Ich halte eine Beobachtung heute schon für Zeitvergeudung. Falls die Kollegen das Auto finden sollten, könnten wir vielleicht eindeutige Spuren feststellen, etwas Signifikantes, und wären damit wieder ein Stück weiter. Verschwenden wir nicht unsere Ressourcen. Warten wir noch einen Tag oder sagen wir einmal bis spätestens Übermorgen früh, ja?“

Die Kommissare stimmten ihrem Chef recht dankbar zu, der Oberstaatsanwalt signalisierte Einverständnis.

Heiko Hauen verabschiedete sich dann sehr schnell, da er am Abend noch eine wichtige Verpflichtung einzuhalten gedachte und kündigte sein Erscheinen für den Nachmittag des nächsten Tages an, da am Morgen ein Termin beim Gericht für ihn anstand.

Der Erste schickte seine jungen Kollegen in den Feierabend. Sprenz fühlte sich gut. Sein Erfolg bei den Versandunternehmen hatte ihn sichtlich gepusht. Er fuhr mit dem – allerdings nicht zu begründenden – Gefühl nach Hause, dass es jetzt nur noch aufwärts gehen konnte.

Übrigens ein Gefühl, das auch Hauen, Ketels, Twiete und der Autor teilten.

*

Hauens schneller Abgang hatte mit der Vorstandssitzung des Segelclubs ‚Möwe 1887' zu tun, an der er als Vorstandsmitglied teilzunehmen hatte. Eine, manchmal nervenaufreibende, Verpflichtung, der er jedoch sehr gerne nachkam. Da er aus gesundheitlichen Gründen nicht mehr am aktiven Segelsport teilnehmen konnte, waren sowohl die Vorstandssitzungen, das hervorragende Essen im clubeigenen Restaurant als auch die übrigen gesellschaftlichen Veranstaltungen des Vereins für ihn Entspannung und Anregung zugleich.

Gegen 19.45 Uhr erreichte er pünktlich den Parkplatz des Clubhauses, das am Hindenburg-Ufer sein Domizil hatte. Ein großer und schöner, weißgestrichener Holzbau, der leider bei der dringend erforderlichen Renovierung im letzten Jahr seinen Charme aus der Gründerzeit verloren hatte. Als er die breite Treppe zum Clubhaus hinaufstieg, holte ihn der Sprecher des Vorstands, Ole Füringer, ein. Sie betraten beide zur gleichen Zeit die Empfangshalle, wie Hauen diesen etwas zu groß geratenen Eingangsbereich zu nennen pflegte. Dort hielt Füringer seinen Clubkameraden für einen Augenblick fest, um ihm mitzuteilen, dass er etwas über das Auto wüsste. Es gab ein kurzes Hin- und Her, bis geklärt war, dass es sich um das vermutliche Täterfahrzeug, den Golf III handelte, von dem in der heutigen Ausgabe der Kieler Nachrichten illustriert berichtet worden war.

Nach der Vorstandssitzung, die länger als erwartet gedauert hatte, verzichtete Hauen auf das späte kulinarische Vergnügen und setzte sich mit seinem Clubkollegen in eine lauschige Sesselecke. Eine Weile mussten sie auf das frisch gezapfte Bier warten. Hauen war mehr als gespannt, aber Füringer weigerte sich beständig, vor dem ersten Schluck mit seinem Wissen herauszurücken. Endlich kam das Bier.

„Denn man tau!“

„Wenn du heute Abend verhindert gewesen wärst, hätte ich dich auch angerufen!“

„Was hast du auf dem Herzen, Ole?“

„Ich blättere heute Morgen in meiner Kanzlei die KN durch und plötzlich sehe ich einen alten Golf III vor mir, lese den Text dazu, lese, dass es sich vermutlich um den Wagen handelt, mit dem euer Inspektor in die Luft gesprengt wurde.“

„Nun komm’ schon zu Potte, Ole.“

„Das Täterfahrzeug habt ihr schon, ich meine, das Foto in der Zeitung?“

„Nein, wir sind mit der Bitte an die Kieler Nachrichten getreten, eine Suchmeldung nach eben diesem Fahrzeug zu bringen. Die Macher haben uns dann versichert, dass sie zur Illustration schon das Bild eines alten Golfs auftreiben könnten und so weiter. Aber was ist nun mit dem Foto? Was regt dich so auf?“

„Na hör mal, Heiko! Das ist der Wagen meiner Schwester.“

„Wie bitte?“

„Der Wagen gehört meiner Schwester. Genauer gesagt, er gehörte meiner Schwester.“

„Sie hat ihn verkauft? An wen?“

„Nicht verkauft! Sie bekam einen neuen Golf geschenkt, einen Golf V!“

„Und wer hat den alten?“

„Ihr Chef wollte das mit der Abmeldung, du weißt ja schon, diesen ganzen Kram, regeln.“

„Dir muss man auch jeden Wurm einzeln aus der Nase ziehen! Wer ist nun dieser großzügige Chef, der Autos verschenkt?“

Es ist schön, wenn man mehr weiß oder frühzeitiger Kenntnis hat als der Oberstaatsanwalt, nicht wahr?

„Muthesius.“

„Der Tycoon? Deine Schwester arbeitet für diesen Gauner?“

„Schon immer!“

„Aber die Kollegen haben mit deiner Schwester gesprochen … Wie alt ist deine Schwester?“

„Ein Jahr jünger als ich, vierundfünfzig. Deine Kollegen können gar nicht mit meiner Schwester gesprochen haben, die kommt erst in vier Tagen aus Fuerteventura zurück.“

Hauen strich sich das Kinn.

Füringer sah ihn ungeduldig an.

„Kannst du mit meiner Mitteilung etwas anfangen?"

„Da hast du uns gerade eine mehr als wichtige Information gegeben, mein Lieber. Wirklich! Ich fasse noch einmal zusammen: Der Wagen gehört deiner Schwester. Auf Grund der Beschreibung bist du dir sicher?"

Füringer nickte jeweils Zustimmung.

„Der Wagen ging in den Besitz von Muthesius über, da der ihr einen neuen geschenkt hatte. Die Abmeldeformalitäten wollte er auch übernehmen. Deine Schwester hat nichts mehr von ihrem alten Wagen gehört oder gesehen?"

„Das ist alles korrekt, Heiko."

„Du bist ein wichtiger Zeuge, Ole. Rede mit niemandem darüber, aber gehe gleich morgen früh auf die Bezirkskriminaldirektion und melde dich bei Kriminalkommissar Twiete oder bei seinem Chef, dem Jakob Sprenz. Erzähle ihnen alles, was du mir erzählt hast. Vielleicht fallen dir ja noch mehr Details von dieser Schenkung ein."

Hauen und Füringer waren aufgestanden. Hauen klopfte Füringer dankbar auf die Schulter und verabschiedete sich. Vor dem Clubhaus aktivierte der Oberstaatsanwalt sein Handy und rief Sprenz an, erzählte ihm knapp vom eben gehörten und bat ihn, auch noch Twiete zu informieren.

Eine gute Nachricht sollte sofort weitergegeben werden.

*

„Wollen Sie Einzug ins Guinness-Buch der Rekorde halten?", fragte Schwester Monika und stellte sich dem Patienten in den Weg.

„Wie meinen Sie das, Schwester?", entgegnete Herdenbein und blieb stehen.

„Mir scheint, Sie wollen den Weltrekord im Gipsbein-Rennen aufstellen", antwortete sie.

„Ich fühle mich sauwohl, ich habe kaum noch Schmerzen und hasse es, die ganze Zeit im Bett zu vertrödeln, also spaziere ich den Gang hinauf und hinunter."

„Sie übertreiben, lieber Herr Herdenbein", stellte Dr. Rechtenberg fest, der justament dazugekommen war und Herdenbeins lausige Erklärung mitbekommen hatte.

„Nun, Herr Doktor", Jens Herdenbein lächelte breit und anhaltend,

„Schuld sind Sie. Sie haben einfach zu perfekt operiert. Im Ernst, mich hält's nicht mehr im Bett. Ich muss raus hier. Ich brauche frische Luft und den Schluensee."

„Bringen Sie unseren Rekordverdächtigen zurück auf sein Zimmer, Monika", bestimmte der Operateur und ließ keinen Widerspruch zu.

Jens Herdenbein hatte keinen Witz gemacht und auch nicht übertrieben: Er fühlte sich von Tag zu Tag wohler und hatte nur noch einen Wunsch, das Krankenhaus zu verlassen.

Dabei war dieser Tag durchaus anstrengend gewesen. Nach der milden Zurechtweisung des Arztes hatte er den weiteren Morgen tatsächlich im Bett zugebracht. Kurz vor dem Mittagessen, das seiner Ansicht nach immer viel zu früh gereicht wurde, war Margit erschienen, die für ihn frische Himbeeren mitgebracht hatte. Bei angenehmer Plauderei und viel Lachen hatten sie dann gemeinsam den Korb mit den Früchten geleert.

Nach dem Mittagessen – nein, diese Krankenhauskost! – war die Dreierbande aus Plön erschienen. Das war ein gelungener Besuch gewesen und die Wiedersehensfreude auf beiden Seiten war sehr groß. Ihre Erzählung von der hochnotpeinlichen Befragung am Schluensee hatte ihn gewaltig erheitert und seine Stimmung noch mehr verbessert, so dass er am Nachmittag einen weiteren Versuch startete, ins Guinness-Buch der Rekorde zu gelangen. Aufmerksame Schwestern und Ärzte waren an diesem Nachmittag rar. Demzufolge konnte er sein selbst gestecktes Sportziel nicht nur erreichen, sondern noch übertreffen. ‚Was mach' ich hier eigentlich noch?', dachte er. Sein Blick schweifte durch das Krankenzimmer. ‚Diese Kahlheit, diese Sterilität, fördert sie die Gesundung?', fragte er sich. Weiße Wände, die Decke genauso gestrichen, das Bettgestell weiß, das Bettzeug in der gleichen Farbe. Tisch und Stühle kühl. Er vermisste sein behagliches Zuhause am Schluensee. Das Haus, die Zimmer, einfach alles war mit Seele ausgefüllt. Dies hier schien ihm seelenlos zu sein, einfach nur funktionell. Aber könnte Funktionalität nicht farbenfroher sein? Irgendwie erheiternder? Er musste raus hier!

Am Spätnachmittag hatte ihn Nadja besucht. Zuerst half sie ihm, trotz zweifelnder Blicke einer Schwester, bis zur Cafeteria ins Erdgeschoss zu gelangen. Hier wurde die Kuchentheke von ihnen leer geräumt. Auch beim Abendessen auf seinem Zimmer leistete sie ihm Gesellschaft. Anschließend wandten sie sich ernsteren Dingen zu: Wie würde Herdenbeins Zukunft nach der Entlassung aus dem Krankenhaus aussehen? Es wurde eine ausführliche Diskussion geführt. Die beiden planten, verwarfen, wägten ab und kamen vor allem dadurch nicht zu einem vorläufigen Ergebnis, da die Nachtschwester völlig echauffiert ins Zimmer rauschte und mit freundlichen, wenn auch strengen Worten Nadja Schlemm zum Verlassen des Krankenhauses aufforderte: Schließlich sei der Mann gerade einmal dem Tod von der Schippe gesprungen und die Ärzte und Schwestern würden ungern ihre aufopferungsvolle Arbeit durch nächtliche Eskapaden gefährdet sehen wollen. Alle Einwände Jens Herdenbeins, dass noch Wichtiges zu verklüsematüddeln sei, wurden negiert und es wurde darauf hingewiesen, dass auch morgen wieder ein Tag sei. Basta!

Jetzt war es schon beinahe Mitternacht und Herdenbein grübelte immer noch. Über die Zukunft. Über seine Zukunft. Über Nadjas Zukunft. Über ihre Zukunft. Doch alles schien ihm absolut vage zu sein. Er versuchte, einen Fixpunkt auszumachen, die Zukunft gewissermaßen festzunageln. Aber auch dieses Unterfangen misslang immer und immer wieder, da reichlich Fragen – quälende und nicht zu beantwortende – auftauchten. Richtig, er musste eine nach der anderen beantworten. Ja, das wäre die richtige Vorgehensweise! Doch er wurde schläfrig, so schläfrig. Die Zukunft ... wessen? ... planen ... nein, ungeplant lassen ... Wasser ... eiskalt ... hineinspringen ... abwarten ... morgen.

*

Der schöne, schwere Eichentisch von GabiKo bekleckert. In einer Pfütze eine zu drei Vierteln leer getrunkene Flasche. Der Blick etwas unstet, umherirrend, die Hände schon fahrig, so saß er heute da, der Tycoon von Kiel. Ihm war ohne Zweifel etwas über die Leber gelaufen und nicht etwa nur der Alkohol. Er schlug mit der Faust auf den Tisch, das gefüllte Schnapsglas sprang hoch und entleerte sich, bildete eine zweite Pfütze auf dem polierten Tisch. Er stierte die kleine Seenlandschaft an und verband dann, mit dem Zeigefinger ziehend, beide miteinander. Er grunzte, betrachtete das Kunstwerk und nickte zustimmend mit dem Kopf.

‚Das sieht ganz gut aus. Ein Kunstwerk, hicks! Der schöne Abschluss eines beschissenen Tages, jawoll. Da darf ich ja wohl ein ungutes Gefühl haben, oder? Ungutes Gefühl? Verbrecher sind das, haun einen in die Pfanne. Nee, wollen einen in die Pfanne haun. Aber nicht mit mir. Und Rache ist süß, auch nich, ist Blutwurst. Wer hat das immer gesagt? Ach ja, meine Oma, die Ida Martha Minna Wöbse. Is auch schon tot. Was heißt auch schon? Ich lebe! Und mich kriegt ihr nicht! Da hab' ich was läuten gehört, heute Nachmittag. Zweimal hat's sogar geläutet. Da ham sich ein paar Kollegen getroffen, hab' ich gehört. In 'nem Hotel und ham über Herdenbein gequatscht. Naja, das solln sie doch. Ham aber wohl auch über mich geredet. Sind einfach gegen mich. Solche Idioten, die werden schon merken, was sie davon ham. Andersrum, das is 'ne Verschwörung. Jawoll! Ne richtige kleine Verschwörung von diesen Kieler Pinschern oder wo die auch herkommen mögen. Pinscher, sag ich! Elende!'

Er zerdrückte, mehr, er zerquetschte, voller Wut seine Longfiller ‚Cohiba Siglo Piramide' im Kristallaschenbecher. Filler Kuba zerbröselt, Umblatt Kuba zerrissen und Deckblatt Kuba in Fetzen. Dreiundfünfzig Euro im Arsch. Ade, du prachtvolle Cigar! Er stand auf, ging breitbeinig – wie ein Seemann, jedoch ohne den wiegenden Schritt – und leicht schwankend in die Küche, holte eine halbgefüllte Flasche Mineralwasser aus dem Kühlschrank und trank sie leer. Das schien gut zu tun, denn er kehrte zurück ins Wohnzimmer, ließ sich schwer auf die Couch plumpsen und schenkte das umgekippte Glas wieder voll. Prost, Herr Muthesius!

‚Aber ich hab' ja auch noch ganz andere Freunde. Hab' ich schon mal gesagt, oder? In anderen Kreisen, in bedeutenderen! Da muss ich mal ein wenig Dampf machen. Und dann der Krischan! Krischan aus Plön soll gesungen haben? Hab ich auch läuten gehört. So etwas spricht sich ganz schnell herum! Aber was hat der schon zu reden? Kleinpinscher, der! Der kann mich mal! Prost ihr Sangesbrüder, ihr werdet schon noch sehen, was euch euer Chorgesang einbringt. Elende, Kotzbrocken, vermaledeite!'

6.
Countdown

10. Tag, Samstag, 9. Juli 2005

Mit dem Glockenschlag um zehn Uhr erschien Ole Füringer, Vorstandsmitglied der ‚Möwe 1887', fünfundfünfzig Jahre alt, auf der Bezirksdirektion und ließ sich zum Amtszimmer – bei diesem Ausdruck hätten Jochen und Maren hell und empört aufgelacht! – des zuständigen Kommissars geleiten. Füringer war eine ganz passable, ja schon imposante Erscheinung, die da plötzlich in der Tür stand. Twiete bekam große Augen, denn der schon gestern Abend avisierte Herr, mochte beinahe zwei Meter groß sein, war in teures Tuch gekleidet, das dezent war und dennoch Wirkung zeigte. Nicht, dass der junge Kommissar den Wert des Anzugs erkennen konnte, das war mehr Marens Sache. Die zudem das italienische Schuhwerk und die kostspielige Krawatte richtig zu bewerten in der Lage war.

„Guten Morgen, ich komme auf Anraten von Herrn Oberstaatsanwalt Hauen. Mein Name ist Ole Füringer."

„Guten Morgen, Herr Füringer", begrüßte Maren diesen wichtigen Zeugen. Jochen war noch immer mit erstaunter Stummheit geschlagen. „Wir haben Sie schon beinahe sehnsüchtig erwartet. Nehmen Sie Platz. Möchten Sie einen Kaffee?"

Ole Füringer setzte sich auf Herdenbeins Stuhl und nahm auch einen schwarzen Kaffee an.

Kommissar Twiete hatte die Fahrzeugbeschreibung auf den Monitor geholt und wartete.

„Erzählen Sie uns etwas über den Wagen Ihrer Schwester", forderte Maren Herrn Füringer auf.

„Ich will es kurz machen", antwortete dieser, „ich kenne den Wagen meiner Schwester gut, da ich ihn zusammen mit ihr gekauft und hin und wieder auch in die Werkstatt gebracht habe. Der Golf III war in die Jahre gekommen und ich habe meine Schwester gebeten, sich einen neuen zuzulegen. Kurz vor einem Kauf bekam sie von ihrem Chef einen neuen Wagen geschenkt, der alte wurde von ihm, so hat es mir meine Schwester erzählt, aus dem Verkehr gezogen."

„Vielleicht könnten Sie uns eine präzise Beschreibung des Wagens geben?", unterbrach Maren den Bruder.

„Ja, Sie interessieren sich für Äußerlichkeiten, die Ihnen zur Identifikation dienlich sind. Was ist auffällig am Wagen? Farbe, verblassendes dunkles Blau. Die vordere Stoßstange weist zwei leichte Dellen auf, über der ganzen linken Seite des Wagens befindet sich eine Schramme. Das hintere, rechte Seitenteil ziert eine Beule, der Rückfahrscheinwerfer leuchtet auch beim Vorwärtsfahren."

Twiete, der die Angaben Füringers mit den gespeicherten Daten verglichen hatte, nickte zustimmend.

„Der Beifahrersitz lässt sich nicht mehr verstellen und das Radio hat Altertumswert. Ich will damit sagen, ohne Sendersuchlauf, RDS und so weiter, irgendeine Billigmarke. Meine Schwester hat dieses vorsintflutartige Radio aus ihrem Golf II ausbauen lassen."

„Danke, das reicht, Herr Füringer", stellte die Kommissarin fest. „Was die linke Seite des Wagens und sein Inneres betrifft, werden wir auf Ihre Angaben zurückgreifen, wenn wir das Fahrzeug gefunden haben."

Twiete hatte sich dem Zeugen zugewandt.

„Nur so, Herr Füringer, welchen Beruf üben Sie aus?"

„Ich bin Notar."

„Daher Ihre Genauigkeit."

„Das gehört zur selbstverständlichen Wesensart unseres Berufsstandes", erklärte Füringer, „absolute Genauigkeit, auch in kleinsten Dingen."

„Wir danken Ihnen, Herr Füringer", Maren hatte sich erhoben.

„Einen Augenblick noch", Twiete war auch aufgestanden und schaute den Zeugen etwas grübelnd an. „Ihre Schwester ist diese junge Sekretärin im Büro von Herrn Muthesius?"

Ole Füringer starrte Jochen Twiete erstaunt an und schüttelte den Kopf. „Ich verstehe Sie nicht ganz."

„Wir haben im Vorraum zu Muthesius' Büro eine junge Frau kennen gelernt, die sich als Sekretärin ausgab", erklärte Kommissarin Ketels.

„Nein, das war nicht meine Schwester!", schmunzelte der Notar. „Wen auch immer Sie dort bei Herrn Muthesius gesehen haben mögen, meine Schwester ist vierundfünfzig Jahre alt. Sie macht im Augenblick Urlaub auf Fuerteventura und kommt in erst in drei Tagen zurück."

Nachdem sie Füringers Personalien aufgenommen hatten, verabschiedeten die beiden Kommissare ihren Zeugen.

Kurz vor dem heißersehnten Mittagessen – vor allem von Twiete – erstattete PHK Ole Berger Bericht. Das heißt, er konnte den beiden Kriminalkommissaren lediglich mitteilen, dass die offizielle und intensive Suche nach dem Täterfahrzeug vorerst eingestellt worden sei. Keiner seiner Kollegen hatte in den letzten Tagen in Kiel und Umgebung einen Wagen entdecken können, auf den die Beschreibung von Frau Fuchs zutreffen könnte. Natürlich würde man auch weiterhin Ausschau halten.

„Mit einem Erfolg hatten wir eigentlich auch nicht gerechnet", stellte Jochen fest, nachdem der Kollege ihr Kabuff wieder verlassen hatte.

„Das ist richtig, mein Lieber. Aber die Aussagen vom Bruder der Sekretärin sind dafür erste Sahne, und decken sich zudem vollkommen mit der Beobachtung der Journalistin. Weißt du, Jochen, wenn wir den Wagen beim Tycoon finden, erhöht sich durch die Angaben zum

Innenraum die Beweiskraft, dass es sich um das Tatfahrzeug handelt."

„Wir müssen also möglichst schnell das Fahrzeug finden", sinnierte Twiete. „Der Tycoon hat niemals damit gerechnet, dass man ihm auf die Schliche kommt."

„Richtig, er muss sich bei seinen Vorbereitungen so sicher gewesen sein, dass er schließlich überhaupt nicht mehr bemerkte, dass er Fehler machte", stellte Maren fest.

„Welche meinst du?"

„Nun, zum Beispiel: Er benutzt den alten Wagen seiner Sekretärin, ohne daran zu denken, dass man das Auto identifizieren könnte. Er hätte eigenhändig ein Fahrzeug stehlen sollen. Und dann dieses Herausposaunen in Giovannis ‚Verdi', dass er sich an Herdenbein rächen wolle. Das ist doch idiotisch! Und warum? Weil er sich in Sicherheit wiegt."

„Jetzt gehen wir aber essen", unterbrach Jochen seine Verlobte, „ich sterbe vor Hunger."

Das mochte zwar übertrieben sein, dennoch unterbrach man die Arbeit, um sich auf den Weg in die Kantine zu machen.

‚Ohne warmes Mittagessen, kann ich glatt den Tag vergessen', so schlicht und einfach lautete die Twiete'sche Kulinar-Maxime.

*

Bei Brause und starkem Kaffee protokollierten die beiden Kommissare nach dem Mittagessen die Ereignisse beziehungsweise Erkenntnisse der letzten sechsunddreißig Stunden. Nur kurz wurde ihre Arbeit von einem delikaten Telefonat unterbrochen. Delikat kam es ihnen deshalb vor, weil eine ‚Verflossene' des Tycoons anrief und ihr Wissen anbot. Sie war sich mehr oder minder sicher, dass ihr ehemaliger Freund mit dem Attentat auf den berühmten Inspektor zu tun hatte. Mehrmals habe sich Arne, ihr Ehemaliger, protzend dahingehend geäußert, dass er diesen windigen Kriminalen dorthin befördern wolle, wo der hingehöre, nämlich in den Himmel. Und der berühmte Inspektor sei doch in die Luft gesprengt worden. Und so hätte sie gedacht, dass sie der Polizei ihre Hilfe anbieten müsse. Maren, die das Telefongespräch angenommen hatte, bedankte sich, ließ sich die Personalien geben und versicherte, dass die Anruferin ihnen schon durch dieses Gespräch hätte Hilfe zuteil werden lassen.

„Hinweis Nummer zehn", stellte Twiete fest, und „wir sollten langsam mal aktiv werden."

„Warten wir auf Hauen", gab Maren zur Antwort.

Der erschien jedoch noch nicht, dafür ziemlich aufgeregt der Erste.

„Ihr glaubt ja gar nicht, was ich herausgefunden habe! Erzähl' ich euch aber erst, wenn ihr mir einen Kaffee spendiert habt."

Diesem Wunsch konnte entsprochen werden.

„Ich hab' mich ein wenig sachkundig gemacht, was Muthesius' Firmenimperium angeht. Hab' Erkundigungen eingezogen und im Internet gestöbert."

Staunend hob Twiete eine Augenbraue.

„Da wären zuerst einmal Verarbeitung von Eisen- und Nichteisen-Metallen, Boots- und Maschinenbau sowie Schrotthandel. Herstellung und Vertrieb von Drähten und Drahtseilen. Was hab' ich da noch? Schleusenbau, Windkraftanlagen und zwei größere Betriebe, die Werkzeuge herstellen. Ganz imposant, nicht wahr? Weiter! Muthesius besitzt zwei Hotels in Mecklenburg-Vorpommern und mehere Hotelanlagen in Süditalien und Griechenland. Dazu kommen noch ... ach das ist ja egal! Ich habe etwas viel Interessanteres gefunden. Der hat vor anderthalb Jahren eine Düngemittelfirma übernommen. Ich frag' euch, was er sich dort wohl besorgt hat? Dann habe ich noch mehrere kleine Landhandelsfirmen gefunden mit dem schönen Namen ‚Ar-Muth'. Der muss doch einen Knall haben, oder? Und was gibt's dort im Landhandel? Denken Sie an Raiffeisen, Herr Twiete, na? Ja, Düngemittel, Ammonium-Nitrat, Stickstoff, etcetera, ich kenne mich da nicht so aus, auf jeden Fall Substanzen, aus denen sich wunderbar Bomben oder eben Sprengstoff herstellen lassen."

„Wow! Gute Arbeit, Chef! Noch etwas, das uns weiterbringt. Wir warten gerade auf Hauen. Vielleicht warten Sie mit, bei einem weiteren Tässchen Kaffee? Dann können wir Ihnen auch gleich erzählen, was uns der Bruder der ehemaligen Fahrzeugbesitzerin für interessante zusätzliche Hinweise gegeben hat."

*

„Ich bitte um Entschuldigung, der Gerichtstermin hat länger als angenommen gedauert. War Ole Füringer heute Morgen hier?", begrüßte sie der Oberstaatsanwalt.

Es war kurz nach fünfzehn Uhr und Maren setzte Hauen eine Tasse Kaffee vor. Sprenz hatte sich, in Erwartung eines frischen Luftzuges, vor das geöffnete Fenster gestellt, wurde jedoch enttäuscht.

„Herr Füringer war heute Morgen hier und seine Darlegungen haben uns, denke ich, ein Stück weitergebracht. Da ist zum ersten Mal Handfestes zusammengekommen: Erstens, die Berichte von Herrn Füringer und der Journalistin im Hinblick auf die äußeren Kennzeichen des Täterfahrzeuges sind deckungsgleich. Zweitens, kann mit größter Sicherheit angenommen werden, dass das Fahrzeug in der näheren Umgebung des Inspektors gesehen wurde. Drittens, haben wir in der Zwischenzeit zehn, beziehungsweise elf Aussagen von verschiedenen Personen, die alle davon ausgehen, dass nur der Tycoon, Herr Muthesius, der Täter sein kann. Ich denke, Herr Hauen, dass wir doch ein gutes Stück weiter vorwärts gekommen sind. Meine Frage: Reichen die vorliegenden Fakten nicht schon für einen Durchsuchungsbeschluss?"

„Schöne Zusammenfassung, Herr Twiete. Was Ihre Frage angeht: Vielleicht würde Staumer einen solchen Beschluss ausstellen. Ich, für meinen Teil, möchte noch ein wenig mehr in der Hand haben. Diese Fakten, von denen Sie sprechen, sind ein wenig schwummerig, oder? Etwas wirklich Handfestes, auch davon sprachen Sie, wäre mir lieber. Tut mir Leid!"

Die drei anwesenden Herren und die Dame dachten nach. Eine ganze Weile.

„Nun, wie könnte es weitergehen?", fragte der Oberstaatsanwalt.

Die drei anwesenden Herren und die Dame dachten noch einmal nach. Eine ganze Weile.

„Ich hätte folgende Vorschläge", Maren beendete damit die Denkpause. „Erstens, wir heizen nochmals dem Tycoon ein. Zweitens setzen wir seine Sekretärin, oder wer das auch immer sein sollte, unter Druck. Falschaussage, Gefängnis oder Ähnliches. Drittens observieren wir Herrn Muthesius, nachdem wir beim Gespräch mit ihm diskret angedeutet haben, dass wir das Täterfahrzeug kennen und suchen. Vielleicht kriegt er ja kalte Füße und versucht den Wagen, der von der Polizei im Stadtgebiet und in der Umgebung nicht gesichtet wurde, loszuwerden. Bleibt er aber cool, versuchen wir einen Blick in seine Doppelgarage zu werfen."

„Bravo, mein Mädchen", rief Sprenz und erntete von allen Seiten erstaunte Blicke.

„Ja, das ist gut, Frau Ketels", stimmte der Oberstaatsanwalt zu. „Gehen Sie morgen wie empfohlen vor und berichten Sie mir. Nein, morgen ist ja Sonntag. Machen Sie einen Tag Pause. Muthesius läuft uns nicht weg. Fühlen Sie ihm am Montag auf den Zahn und nehmen Sie sich dann auch gleich seine Sekretärin vor. Falls Sie meinen persönlichen Einsatz wünschen, ich stehe Ihnen am Montagnachmittag wieder zur Verfügung. Und sprechen Sie mich an, mich kribbelt's. Guten Abend."

Sprenz, Ketels und Twiete kamen überein, die Arbeit für diesen Tag einzustellen und den freien Sonntag zu genießen.

Während Jochen Klarschiff machte, beendete Maren die Aufzeichnungen dieses Tages.

11. Tag, Montag, 11. Juli 2005

„Ich hätte lieber einen Durchsuchungsbeschluss in der Tasche und könnte in das Haus des Tycoons hineinstürmen und alles von unten nach oben kehren", moserte Twiete.

„Du hast Hauen gehört. Er möchte etwas mehr in der Hand haben, etwas Handfestes", stellte Maren fest.

Der freie Tag, der Sonntag, hatte ihnen gut getan. Morgens wurde länger geschlafen, dann hatten sie sich ein opulentes Frühstück gegönnt und waren zum Baden und Sonnen an den Schluensee gefahren. Maren und Jochen hatten kurz überlegt, ob sie auf das Herdenbein'sche Grundstück gehen sollten. Früher hatten sie immer dort gebadet. Aber Jens lag in der Klinik und sie trauten sich nicht mit der neuen Flamme – Originalton Twiete! – des Inspektors zu reden. Da es kaum Schatten an der Badestelle gab, waren sie nur zwei Stunden geblieben, ein paar Mal ins Wasser gesprungen, hatten die Badeinsel umschwommen, dabei an die köstliche Erzählung der Dreierbande gedacht und dann den Rest des Tages einfach vertrödelt.

Nun waren sie auf dem Weg zu ihrer Dienststelle und hatten gerade auf der Umgehungsstraße von Preetz die Attentatsstelle passiert.

„Ich habe immer ein merkwürdiges Gefühl, wenn ich an dieser Stelle vorbeikomme", bemerkte Maren.

Twiete reagierte nicht, es schien, dass ihn etwas anderes beschäftigte.

„Wieso hat uns der Chef schon heute Morgen um halb acht aus den Federn geholt, das möchte ich doch zu gerne wissen", murmelte Jochen vor sich hin.

„Grüble nicht, fahr! Je eher wir in Kiel sind, desto schneller wissen wir, warum Sprenz verlangt, dass wir vor unseren heutigen Aktivitäten mit ihm sprechen sollen."

Als die beiden Kommissare ihr Ziel in der Blumenstraße erreicht hatten und auf ihr Kabuff zusteuerten, kam ihnen der Erste schon aufgeregt entgegen. Er drängte sie ins Büro, ließ kein morgendliches Zeremoniell wie das Kaffeekochen zu, sondern kam gleich zur Sache, wenngleich mit einem verschwörerischen Unterton in der Stimme.

„Ich möchte, dass Sie sich bei Ihrer Vorgehensweise gegenüber Herrn Muthesius einer gewissen Zurückhaltung befleißigen."

Twiete und Ketels starrten ihn verblüfft an.

„Was soll denn das schon wieder?", fragte schließlich Jochen und schüttelte dabei heftig seinen Kopf.

„Anweisung von oben", erklärte Sprenz knapp.

„Von oben?", fragte Maren.

„Von ganz oben", erwiderte der Erste.

„Wie hoch issen das?", meinte Twiete frech.

Sprenz schaute seinen Mitarbeiter so streng an, wie es ihm möglich war.

„Ihr Ton ist mir ein bisschen zu flott, Herr Twiete. Aber ich will Sie nicht in Unkenntnis lassen. Die Anweisung kommt vom stellvertretenden Kriminaloberrat und der handelt wiederum auf Grund eines telefonischen Hinweises vom Innenministerium. Hoch genug für Sie, Herrrr Twiete?"

„Ich verstehe diese Anweisung nicht ganz, Herr Sprenz. Wir befleißigen uns, ich benutze dasselbe Wort wie Sie, immer einer gewissen Zurückhaltung. Wir sind weder aufdringlich noch frech. Und, um auf Herrn Muthesius zurückzukommen: Der Mann ist unverschämt, laut und gewaltbereit. Wir haben ihn bereits zweimal genießen dürfen. Wenn ich ganz ehrlich bin, müsste der Hinweis des Innenministeriums, oder die Anweisung, an Herrn Muthesius gerichtet sein und nicht an uns."

„Wenn er Recht hat, hat er Recht", stimmte Maren ihrem Verlobten zu.

„Es scheint, dass der Tycoon wohl einen gewissen Einfluss auf Personen im Ministerium geltend machen kann", versuchte Sprenz die Direktive zu erklären, „Kinder, ich weiß doch auch nichts mit diesem Hinweis anzufangen. Ich hab's Ihnen auf jeden Fall gesagt, machen Sie das Beste daraus. Ich höre von Ihnen. Und wenn etwas schief läuft, wälzen Sie es ruhig auf mich ab. Moin!"

Twiete lief hinter Sprenz her.

„Denken Sie daran, die Beamten zur Observierung einzusetzen, Herr Sprenz. Vor seinem Hochhaus und vor seiner Villa."

„Das habe ich schon jemacht, lieber Twiete. Die Observierung hab ich schon gestern Abend – wohlbemerkt, am Sonntagabend! – anjeordnet. Zwei Beamte vor seiner Villa in Düsternbrook und zwei vor seinem Hochhaus. Auffälligkeit habe ich angeordnet! Die Polizeifahrzeuge sollen auch sichtbar sein. Kleene Verunsicherung, wissen Se. Das war hoffentlich auch in Ihrem Sinn? Und ich werde jetzt noch einige Beamte in Bereitschaft versetzen. Für alle Fälle. Informieren sich mich, Herr Twiete. Und denken Sie auch an Hauen, auch der möchte Bescheid wissen."

Der Kommissar kehrte zu seiner Verlobten zurück.

„Verstehst du das Ganze?"

„Nein, mein Lieber. Aber jetzt lass' uns diesen Lobbyisten des Innenministeriums aufsuchen. Fragen wir ihn doch einmal, selbstverständlich mit der uns eigenen großen Zurückhaltung, nach seinen Autos."

Twiete kicherte und die beiden zogen los. Da sie den Tycoon schon einmal aufgesucht hatten, den Weg zu ihm gewissermaßen verinnerlicht hatten, waren sie im Nu vor dem imposanten ‚Muthesius-Haus' angelangt.

Sie wurden, genau wie beim ersten Besuch, von jenem ‚livrierten Ringer' herangewunken und nach ihrem Begehr gefragt. Die rheinische Frohnatur verzichtete allerdings heute auf eine detaillierte Information zur Bedienung der Knöpsken im Fahrstuhl, hatte jedoch ihren Besuch telefonisch angemeldet.

Die ‚galaktische Stöckelschuh-Sekretärin' nahm sie am Fahrstuhl mit einem wissenden Lächeln in Empfang. Das Schuhwerk war das Gleiche, die Farbe allerdings entsprach heute der ihres Lippenstiftes, bordeauxrot. Eingedenk der letzten Ermahnungen seiner Verlobten, nicht den Chauvi herauszukehren, grüßte Twiete besonders freundlich, bedachte die auffällige Erscheinung dennoch mit einem langen Blick von oben bis unten – er konnte es nicht lassen! – und entdeckte dabei, dass sie heute keinen provozierenden Bauchnabel zur Schau stellte, dafür einen Rock trug, der Bikiniformat hatte. ‚Sie muss arm sein', dachte Twiete, innerlich grinsend. Sie wurden über den dicken Teppichboden zu einer Sitzlandschaft geführt und informiert, dass es eine kleine Weile dauern könne.

Die beiden Kommissare machten es sich bequem. Zwei Gläser und eine Flasche Mineralwasser wurden ihnen gebracht. ‚Ah, es dauert länger', dachte Maren, während Jochen bereits die Gläser füllte.

Nach einer Viertelstunde stand Kommissar Twiete auf, schüttelte seine langen Beine und ging zum Schreibtisch der Sekretärin hinüber, die es sich in der Zwischenzeit auch bequem gemacht hatte und sich in einem großen und komfortablen Ledersessel fläzte.

„Haben Sie schon einmal darüber nachgedacht, welche Strafe eine Falschaussage nach sich zieht?", fragte Jochen freundlich und mit liebenswürdigstem Lächeln.

„Ich, ich verstehe Sie nicht", flötete die Angesprochene.

„Eine Falschaussage ist eine Aussage, die falsch ist", flötete Jochen zurück. „Ich mache Ihnen das an einem Beispiel deutlich. Wenn Sie Ihrem Chef ein Alibi verschaffen, das nicht stimmt, dann machen Sie sich strafbar. Das wird je nach Schwere des Falles auch mit einem Gefängnisaufenthalt bestraft. Wasser und Brot. Keine so fesche Kleidung, wie Sie sie tragen. Mehr gestreifte Hosen und darüber eine viel zu weite gestreifte Jacke, in grauweißem Design, das Ganze. Sieht nicht schön aus. Wissen Sie, Sie sind eine schöne Frau, aber dann im Gefängnis, da werden Sie zu 'ner grauen Maus. Also mehr zu einer grauweißen Maus. Gestreift."

Twiete nickte und kehrte langsam zur Wohnlandschaft zurück.

Maren hatte die Ausführungen ihres Verlobten mit Vergnügen verfolgt. Manchmal konnte der Junge ja richtig ironisch sein! Leider konnte sie das Gesicht der Sekretärin schlecht erkennen, meinte jedoch, so etwas wie Entsetzen beobachtet zu haben. Weit aufgerissene Augen vielleicht auch?

Twiete setzte sich.

„Manchmal fünf bis zehn Jahre", bemerkte er ganz laut. „Gibt's eigentlich noch Arbeiten im Steinbruch?"

„Nein", antwortete Maren genauso laut, „das ist doch schon vor einigen Jahren abgeschafft worden.

„Und was ist anstelle dessen eingeführt worden?"

„Ich glaube, ich bin mir da aber nicht so ganz sicher, Frauen arbeiten jetzt im Moor."

„Nein!", rief Twiete aus, „die Arbeit ist doch nur für Männer. Warte mal, Frauen ..."

Auf eine Antwort musste die entsetzte Sekretärin leider warten, denn die Tür zu Muthesius' Büro ging auf und der Tycoon erschien.

Oh, wir gerne hätten die beiden ihr kleines Spiel fortgesetzt. Und dabei muss man wissen, dass sie noch nicht einmal zu ihrer Höchstform gefunden hatten.

In arroganter Weise winkte der Tycoon sie mit dem rechten Zeigefinger zu sich. Er schloss die schwere Tür und blieb dort mit gespreizten Beinen stehen.

„Setzen Sie sich!", befahl er und wies auf eine weitere Wohnlandschaft, bestehend aus zwei gegenüberstehenden schwarzen, weichen Ledersofas, zwei entsprechenden breiten Sesseln und einem beinahe schon zierlichen Glastisch zwischen den Sitzmöbeln.

Die Kommissare kamen seiner eindeutigen Aufforderung nach und hatten Muße, den langsam und drohend auf sie zukommenden Tycoon zu betrachten. Er mochte einsneunzig groß sein, von kräftiger Gestalt, wahrscheinlich neunzig Kilo schwer, vielleicht etwas mehr. Er besaß einen eckigen Schädel mit Bürstenhaarschnitt, die Haare waren graumeliert. Kleine, graublaue Augen, die durchaus lustig – oder listig? – zu blinzeln verstanden. Eine durchaus sympathische Erscheinung, wenn nicht die fleischigen Lippen gewesen wären.

„Das ist das dritte Mal, dass Sie mich anöden. Wenn Sie keinen vernünftigen Grund für Ihr erneutes Erscheinen nennen können, schmeiße ich Sie dieses Mal eigenhändig hinaus. Und diesen Rausschmiss werden Sie nie mehr in Ihrem Leben vergessen. Also?"

„Herr Muthesius", begann Maren, „wir möchten mit Ihnen über Ihren Wagen sprechen."

„Was?", schrie der auf und begann noch etwas mehr Farbe zu bekommen. „Was wollen Sie? Wollen Sie mich vielleicht verscheißern?"

„Das haben wir keineswegs vor", erklärte Twiete mit sanfter Stimme und eingedenk der ‚Anweisungen' des Ministeriums, „wir möchten uns mit Ihnen friedlich über Ihre Autos unterhalten und werden ganz schnell wieder verschwinden."

„Und wenn Sie wirklich kooperativ sind, Herr Muthesius", ergänzte Maren, „benötigen wir höchstens fünf Minuten."

Muthesius hatte in einiger Entfernung an seinem Schreibtisch Platz genommen und begann umständlich eine seiner Montecristos anzuzünden.

„Welchen Wagen fahren Sie?"

„Einen schwarzen Phaeton."

„Und als Zweitwagen?", hakte Jochen nach.

„Ich habe keinen Zweitwagen."

„Wir meinen den Golf III, diesen graublauen alten Volkswagen", erklärte Maren.

„Kenn ich nicht und hab ich auch nie besessen."

„Nun ja, das war ja auch nur eine oberflächliche Beschreibung", meinte der Kommissar, „die vordere Stoßstange weist Beulen auf, auf der linken Seite befindet sich eine lange Schramme, der Rückfahrscheinwerfer funktioniert nicht und hinten rechts befindet sich wohl auch noch eine größere Beule."

„Kenn ich nicht, interessiert mich auch nicht, junger Mann. Sind Sie fertig?“

„Im Inneren wäre da noch ein altersschwaches Radio und der Beifahrersitz lässt sich nicht mehr verstellen“, ergänzte Maren Ketels.

„Und das Nummernschild ist gefälscht“, vervollständigte Twiete Marens Beschreibung.

„Jetzt reicht es mir!“, schrie Muthesius, warf die Montecristo auf den Schreibtisch und sprang auf. „Sie sind unverschämt, Sie blasser Jüngling, Sie. Raus!“

Muthesius kam drohend auf die beiden zu. Maren und Jochen standen auf und bewegten sich langsam in Richtung Tür. Muthesius versperrte ihnen jedoch dort den Weg. Sein Gesicht war rotviolett angelaufen. Im letzten Moment mahnte er sich wohl zur Beherrschung, denn er gab die Tür frei.

Die beiden Kommissare schritten in den Vorraum und stießen auf die Sekretärin, die sich ganz in der Nähe der Tür aufgehalten haben musste.

Maren Ketels drehte sich um.

„Es könnte auch der Wagen Ihrer Sekretärin sein, den wir beschrieben haben.“

„Ihrer Sekretärin, die sich gerade im Urlaub befindet“, fügte Jochen Twiete hinzu.

Im Gesicht des Tycoons arbeitete es. Man konnte erkennen, dass ein innerer Kampf stattfand. Was sollte er zugeben? Wäre weiteres Leugnen unklug? Wie werde ich die Polizei nur schnell los?

„Ach, den Wagen meinen Sie! Warum sagen Sie das nicht gleich! Das ist aber nicht mein Zweitwagen!“, Muthesius lachte. „Ah, Sie haben sich ein bisschen umgehört. Sehen Sie, ich habe meiner langjährigen und guten Sekretärin eine Freude machen wollen und ihr einen funkelnagelneuen Golf geschenkt. Und ich habe die Abmeldung des alten Wagens, das heißt den Verkauf desselben übernommen. Ja, die hatte ein solches Auto, wie Sie es beschrieben haben.“

„Und wo der Wagen abgeblieben ist, wissen Sie natürlich nicht?“, fragte Twiete.

„Nun, persönlich habe ich ihn nicht irgendwo hingebracht. Habe einen Altautohändler angerufen und der hat ihn abgeholt. Musste noch was zuzahlen.“

„Den Namen des Händlers wissen Sie natürlich nicht mehr?“, fragte Maren.

„Natürlich nicht! Meinen Sie vielleicht, dass ich mich mit solchen Kleinigkeiten befassen kann? Auf Wiedersehen! Nee, bleiben Sie mir bloß vom Leibe.“

„Bis auf das Letzte, was Sie gesagt haben, Herr Muthesius“, stellte Maren fest, „glauben mein Kollege und ich Ihnen kein einziges Wort.“

Der Kamm des Tycoons schwoll, die fleischigen Lippen zitterten vor Erregung, gleich würde er explodieren. Und er explodierte, konnte sich nicht mehr im Zaum halten. Er stürzte auf Maren zu, die sich abwandte, um wegzugehen. Muthesius haute ihr die Beine weg, dass sie stürzte. Als Twiete auf Muthesius zuging, packte der ihn am Revers und schleuderte ihn zu Boden. Breitbeinig stand er vor ihnen, über ihnen. Es hätte noch gefehlt, dass ihm der Geifer aus dem geöffneten Mund troff. Entsetzt starrte ihn seine Sekretärin an und zog sich hinter ihren Schreibtisch zurück. Twiete richtete sich auf, der Tycoon drehte sich um und ging zur Bürotür.

„Ich mach euch fertig!“, schrie er in einer letzten Aufwallung von Wut und Hass. „Ich mach euch so fertig, dass ihr nicht mehr wisst, ob ihr Männlein oder Weiblein seid! Und glaubt nur nicht, dass ich nicht bemerkt habe, dass ihr mich überwacht. Ich mach euch fertig!“

Arne Muthesius schmiss die Tür hinter sich zu.

Jochen Twiete half seiner Verlobten aufzustehen.

Die schreckensbleiche Sekretärin ließ den Blick zwischen Tür und den Kommissaren hin- und herwandern.

Noch etwas geistesabwesend klopfte Twiete seine Hosenbeine und Jackenärmel ab, wie man es automatisch macht, wenn man in den Dreck gefallen ist.

Maren holte ihr Handy aus der Tasche und rief Sprenz an, der die beiden sofort in die Direktion zurückbeorderte.

„Haben Sie das auch alles mitbekommen?“, fragte Twiete lächelnd die Sekretärin. „Lügen, Beamtenbeleidigung, tätlicher Angriff auf die Staatsgewalt. Habe ich noch etwas vergessen, Maren?“

„Natürlich, Körperverletzung. Wir müssen uns gleich vom Polizeiarzt untersuchen lassen. Und, Jochen, wir haben eine Zeugin.“

Twiete ging zur Zeugin.

„Denken Sie daran, was ich Ihnen über Falschaussagen mitgeteilt habe. Und denken Sie über das Alibi nach, dass Sie Ihrem gewalttätigen Chef gegeben haben. Tschüss!“

*

Nur unerheblich derangiert kehrten Jochen Twiete und Maren Ketels in die Direktion zurück. Fürsorglich erkundigte sich Sprenz schon auf dem Flur nach den davongetragenen Blessuren seiner Anbefohlenen. Davon konnte natürlich keine Rede sein. Was blieb, war der tätliche Angriff. Sie informierten den Ersten kurz über die Gespräche mit der Sekretärin und dem Tycoon und dessen Ausrasten. Da der Oberstaatsanwalt sein Erscheinen erst gegen vierzehn Uhr angekündigt hatte, suchten Maren und Jochen ihr Büro auf und schrieben fürs Erste jeweils ein Protokoll. Später verglichen sie ihre Niederschriften.

Twiete war der Meinung, dass nach einer solchen Attacke ein kräftigender Imbiss für ihn von Nöten sei. Dem stimmte sogar Maren zu und so begaben sich die beiden in die Kantine.

Gegen vierzehn Uhr teilten die Beamten vor dem ‚Muthesius-Haus' telefonisch mit, dass der Tycoon seine Wirkungsstätte immer noch nicht verlassen hatte.

Um vierzehn Uhr dreißig rief die junge Sekretärin an. Sie war in der Zwischenzeit von ihrem Chef nach Hause geschickt worden. Sie widerrief ihre Aussage hinsichtlich des Alibis und wurde aufgefordert, in die Blumenstraße zu kommen, damit ein Protokoll angefertigt werden könne.

Um viertel vor drei teilte POM Lehmbrook aus Plön telefonisch mit, dass sie die Suche nach Zeugen, die den Golf III eventuell gesehen haben könnten, eingestellt hätten.

Kurz danach erschien Heiko Hauen, der sich als Erstes für sein verspätetes Kommen entschuldigte, und dann begierig dem Bericht Twietes lauschte. Gleichermaßen drückte auch er seine Freude über das geplatzte Alibi aus.

„Ich könnte jetzt den Versuch wagen, wegen des Durchsuchungsbeschlusses zu Richter Staumer zu gehen", schlug Hauen vor, ließ jedoch bei seinen Worten jeglichen Enthusiasmus vermissen.

„Ich hätte einen anderen Vorschlag", bot Twiete an. „Ich möchte ganz gerne mit Frau Ketels zusammen das Haus von Muthesius auf meine Art observieren. Vielleicht entdecken wir das gesuchte Fahrzeug. Falls wir Erfolg haben, wäre der Durchsuchungsbeschluss sicherlich leichter zu ergattern, oder?"

Hauen nickte.

„Und wenn Sie keinen Erfolg haben, Herr Twiete?"

„Dann müssten Sie Ihr Glück beim Richter herausfordern."

Hauen lachte.

„Das haben Sie aber sehr schön ausgedrückt, Herr Twiete. Wie lange sollen wir hier auf ein Ergebnis Ihrer sehr persönlichen Recherche – Details möchte ich überhaupt nicht wissen – warten?“

„Wie lange wird der Herr Staumer anwesend sein?“

„Sicherlich bis zwanzig Uhr. Die Sache kann aber auch morgen früh erledigt werden. Oder haben Sie vor, Herr Twiete, noch heute Abend einen Sicherungsangriff zu starten?“

Der Kommissar verneinte die Frage des Oberstaatsanwalts.

„Ich warte in meinem Büro auf Sie“, verabschiedete sich Hauen.

„Seien Sie vorsichtig, Herr Twiete, Frau Ketels“, mahnte Sprenz, „und übertreiben Sie es nicht bei Ihren, hmh, Gesetzesübertretungen.“

Die beiden Kommissare bedankten sich für den Zuspruch ihres Chefs und verschwanden. Was dachten diese Menschen nur? Gesetzesübertretungen! Man nahm nur ein wenig Abstand von den gebräuchlichen Ermittlungen! Es würde eine Observierung der anderen Art werden. Und?

Twiete lenkte seinen Wagen zum Knooper Weg und fuhr bis zur Wrangelstraße. Hier bog er ein, überquerte die Feldstraße und musste ein wenig suchen, bis er das Anwesen des Tycoons gefunden hatte. Die Anfahrt über den Düsternbrooker Weg wäre einfacher gewesen. Aber hinterher ist man immer schlauer! Er parkte sein Auto zwanzig Meter hinter dem Einsatzfahrzeug der Polizei, das direkt neben der Einfahrt zur Villa stand. Sehr schön! Muthesius sollte ja auch bemerken, dass er observiert wurde.

Die beiden Kommissare schlenderten zu den beiden Polizeimeistern, stellten sich kurz vor und bedeuteten ihnen, dass sie in den nächsten fünf Minuten in eine, der Villa abgewandte, Richtung schauen sollten. Twiete zwinkerte unternehmungslustig, die beiden Polizeibeamten verstanden und wendeten sich augenblicklich demonstrativ um. Neben dem zweigeteilten Gartentor stiegen Maren und Jochen – nachdem sie sich noch einmal versichert hatten, unbeobachtet zu sein – über die kleine Mauer, warteten einen Augenblick, warfen einen Blick auf das Tor und gingen dann offen die Einfahrt empor. Von der Doppelgarage aus analysierten sie den Garten zwischen Tor und Haus. Schließlich fanden sie auch jenen Ort – mehrere stattliche, aber schon verblühte Rhododendren – der ihnen geeignet schien, uneinsehbar vom Haus, ihre Beobachtungen durchzuführen. Während Jochen bereits zur Rhododendren-Gruppe ging und sich zwischen ihnen niederließ, konnte

Maren jetzt vom Haus aus feststellen, dass sie nicht entdeckt werden konnten.

Nachdem die Kommissarin sich zu ihrem Verlobten gesellt und eine bequeme Position eingenommen hatte – etwas derangiert war sie schon in ihrem Kostüm –, schüttelte sie plötzlich den Kopf, und stupste ihn.

„Wir haben etwas vergessen, gib mir bitte einmal dein Handy."

„Warum?"

„Wirst du gleich hören."

Maren wählte und wartete.

„Herr Sprenz, Sie könnten uns einen Gefallen tun. Bitte informieren Sie doch die Beamten, die vor dem ‚Muthesius-Haus' stehen, dass sie uns Bescheid geben, wenn der Tycoon das Haus verlässt. Twietes Nummer haben Sie? Gut. Ja, den gebe ich Ihnen."

„Twiete hier! Chef, für wie blöd halten Sie mich eigentlich!"

Twiete war sichtlich empört über die Frage, die Jakob Sprenz ihm gestellt hatte.

„Das haben wir gleich beim ersten Besuch festgestellt, dass der Tycoon keine Alarmanlage besitzt. Zumindest keine, die den Außenbereich seiner Villa überwacht."

Jochen beendete das Gespräch und berichtete richtig fuchtig, dass der Erste ihn noch einmal zur Wachsamkeit ermahnt und nach einer installierten Alarmanlage gefragt hatte.

Die beiden Kommissare drehten Däumchen und warteten auf den Anruf der Polizeibeamten.

„Was Muthesius jetzt wohl macht?", sinnierte Twiete. Da möchte ich jetzt zu gerne Mäuschen sein. Plant der eventuell sich abzusetzen?"

Obwohl die Frage mehr rhetorisch gemeint war, antwortete Maren.

„Nein, mein Lieber, der nicht. Der fühlt sich wohl und ... Kotzbrocken fühlen sich immer sicher. Menschen wie Muthesius halten sich für schlau und andere immer für dümmer. Und letztlich ist das in den meisten Fällen dann auch ihr großer Fehler. Überheblichkeit, Größenwahn und Fehleinschätzungen."

„Ja, Frau Kommissarin."

Ihre Geduld wurde auf eine harte Probe gestellt. Nachdem sie beinahe drei Stunden, drei endlose Stunden, gewartet hatten, kam der erlösende Anruf vom ‚Muthesius-Haus', dass der Observierte gerade in seinem Phaeton die Tiefgarage verlassen hatte.

„In einer Viertelstunde ist er da“, flüsterte Twiete und musste dann genauso wie Maren über sein Verhalten lachen.

Es dauerte keine Viertelstunde und ein langgezogener Pfiff ertönte. Das war zwar nicht mit den Polizeimeistern ausgemacht worden, aber dennoch hilfreich. Die beiden Beamten hatten mitgedacht!

Maren und Jochen hörten, wie sich das Eingangstor öffnete, das leise Surren des wieder anfahrenden Wagens und wie sich das Tor dahinter wieder automatisch schloss. Sie hatten sich inzwischen flach auf den Boden gelegt, die Zweige des Rhododendron hingen über ihnen, ließen dennoch einen Blick auf die Doppelgarage zu. Der schwarze Phaeton rollte leise in ihr Gesichtsfeld. Stoppte. Das Garagentor schwenkte nach oben. Ein freier Platz für den Phaeton wurde sichtbar. Und dann sahen sie das gesuchte Fahrzeug, den schäbigen Golf III. Die ihnen bekannten Merkmale waren auf Grund der Entfernung zwar nicht zu erkennen, dennoch waren sich beide Kommissare absolut sicher, dass es sich um genau jenes Auto handelte, das sowohl Frau Fuchs als auch Herr Füringer so detailliert beschrieben hatten. Der Tycoon verließ für einen Moment seinen Wagen, schritt zum Eingang der Garage, schaute kurz in den Garten, um sich dann wieder umzuwenden. Das Garagentor schloss sich. Maren und Jochen warteten noch einen Augenblick, dann zogen sie sich zur Gartenmauer zurück, überwanden dieselbe so leicht wie am Nachmittag. Sie winkten den beiden observierenden Polizisten noch einmal zu, dann fuhren sie auf dem kürzesten Weg in die Blumenstraße.

„Mann oh Mann, ist der blöd, ich hätte den Wagen längst verschwinden lassen“, meinte Twiete, als er seinen Wagen vor der Direktion parkte.

„Ach, Jochen, du mit deinen Insiderkenntnissen wärest sowieso der perfekte Verbrecher geworden“, lachte Maren.

„Da hast du vollkommen Recht, Liebste.“

„Weißt du, unser Mann war sich absolut sicher, wie ich schon bemerkt habe. Der hat nie daran gedacht, dass man ihm auf die Schliche kommt.“

„Ein Denkfehler, den er hätte nie begehen dürfen. Schließlich hat ihn Herdenbein schon einmal eingelocht. Er wusste eigentlich ganz genau, wenn wir auf seiner Fährte sind, dann kriegen wir ihn auch. Herdenbein hatte damals gelauert und schließlich zugeschlagen. Und der Tycoon hat aus seinen Fehlern nicht gelernt. Pech für ihn, gut für uns. Morgen packen wir ihn und bringen ihn dahin zurück, wo er hingehört.“

*

Die Einsatzbesprechung vor dem Zugriff fand kurz nach zwanzig Uhr unter der Regie des Ersten Kriminalhauptkommissars Jakob Sprenz statt. Es waren außerdem die Kommissare Maren Ketels und Jochen Twiete, PHK Ole Berger, als Leiter der polizeilichen Einsatzkräfte sowie der Leiter der Spurensicherung Ortwin Könnecke zugegen. Am morgigen Tag würden auch noch die Herren vom LKA dazustoßen, denen Sprenz bereits telefonisch ihren Aufgabenbereich zugewiesen hatte. Überhaupt, das LKA zeigte sich erstaunlich kooperativ, denn die Herren Astheimer und Korn hatten von sich aus gebeten, ihre profunden Kenntnisse auch bei einer eventuellen Hausdurchsuchung zur Verfügung stellen zu dürfen. Hört, hört! Den Männern konnte geholfen werden.

Nachdem die beiden Kommissare der versammelten Runde den entscheidenden Hinweis auf das gesuchte Fahrzeug gegeben hatten, bat Oberstaatsanwalt Heiko Hauen um eine Pause, damit er den Durchsuchungsbeschluss sowie den Haftbefehl Richter Staumer zur Unterschrift vorlegen könne.

Hauen kehrte bereits nach ungefähr fünfzehn Minuten ins Dienstzimmer von Sprenz zurück.

„In Anbetracht der vorgerückten Stunde und des frühen morgigen Einsatzes“, stellte Sprenz fest, „will ich es kurz machen, zumal ja die Details auch schon vorher mit Ihnen sehr genau abgesprochen worden sind. Also eine wirklich kurze Zusammenfassung. Da schon das Innenministerium in der Direktion vorstellig geworden ist, gehen wir strikt nach der ‚Polizeilichen Dienstvorschrift 100' vor. Die wohl vorhandene Verbindung zwischen Muthesius und dem Ministerium ist mir übrigens rätselhaft. Gut, das soll uns jetzt nicht weiter kümmern. Herr Könnecke hat mir zugesagt, dass seine Mannschaft desgleichen strikt dem üblichen Handlungsalgorithmus der Spurensicherung folgen wird. Unser Zugriff wird um neun Uhr erfolgen. Wie mir die Sekretärin von Herrn Muthesius, die ja heute Nachmittag hier war, um ihre Zeugenaussage zu unterschreiben – übrigens sehr hübsch und sehr kooperativ, nun, das gehört nicht hierher! – versichert hat, erscheint dieser gewöhnlich gegen zehn Uhr in seinem Büro, eher später. Wir werden unseren Tatverdächtigen also in seiner Villa antreffen. Dazu noch eine Frage?“

Die Anwesenden schüttelten verneinend ihre Köpfe.

„Weiter! Neben allen anderen Ermittlungen gibt es vier Schwerpunkte, denen wir besondere Beachtung zollen sollten: Erstens, das Fahrzeug. Darin vorhandene Restbestände von Sprengstoff beziehungsweise deren Bestandteile. Zweitens, Hoovercraft-Spielzeug und dazugehörige Fernbedienungen beziehungsweise deren Reste. Drittens, im Haus vorhandener Sprengstoff oder dessen Grundstoffe, respektive die Reste derselben. Viertens, Arne Muthesius, auch genannt ‚Tycoon von Kiel'. Wie meine Mitarbeiter selbst erlebt haben, neigt der Herr zu Gewalttätigkeiten. Vielleicht wird ihn unser geballtes Erscheinen dazu anregen. Es könnte aber auch sein, dass er sich derart in die Enge gedrängt fühlt, dass bei ihm die Sicherungen durchbrennen. Also ist äußerste Vorsicht geboten! Als Letztes: Wir treffen uns dann noch einmal morgen früh um acht Uhr zu einer kurzen Dienstbesprechung. Hat irgendjemand noch irgendwelche Fragen?"

Wiederholte Verneinung.

„Guten Abend und ... auf ein gutes Gelingen!"

*

‚Tja, heute nur Bier. Ich weiß nicht, ob es gut für mich läuft oder schlecht. Ich weiß es einfach nicht. Prost! Einfach das Bier aus der Flasche zu trinken tut gut. Kein Gedöns machen mit Tulpengläsern, Kelchen, Schalen und Römern. Schlicht sein, sich dazu bekennen, was man ist. Die Cohiba bleibt im Kasten, die Montecristo auch. Heute ist mal wieder 'ne Zigarette angesagt. Raucht sich eigentlich auch viel besser als diese dicken und vor allem teuren Zigarren. Obwohl ich es mir ja leisten kann. Bin aber nicht in Stimmung. Hab die Wachen vor meiner Firma wohl gesehen, auch vor meiner Villa. Die haben nichts gegen mich in der Hand. Den Wagen hätte ich natürlich verschwinden lassen sollen. Zu spät. Macht aber nichts. Einen Durchsuchungsbeschluss kriegen die nie. Warum auch, was liegt gegen mich vor? Nichts! Die werden einfach einsehen müssen, dass ein Mann in meiner Position nicht diesen ganzen Zinnober selbst macht: Eine Schrottkiste selbst entsorgen und abmelden. So weit kommt es noch! Also ist die Schrottkiste bei mir sicher. Oder doch nicht? Ich muss vorsichtiger sein, wenn ich in die Garage fahre. Wissen Sie was? Trinken wir einen auf die Polizei. Prost! Ah, ist das ein Gefühl, wenn das Bier aus der Flasche in den Hals läuft. Warum habe ich mich heute Morgen nur so gehen lassen? Aber, ich kann sie nicht leiden: Dieses Jüngelchen und diese aufgetakelte Kollegin von ihm. So etwas setzen die auf mich, mich den Tycoon von Kiel, an. Eigentlich unverschämt. Da war dieser elende Herdenbein doch noch von einem ganz anderen Kaliber.

Schwamm drüber. Was einmal nicht gelingt, wird beim zweiten Mal einfach besser gemacht. Prost!

*

Am Abend dieses Tages fühlte sich Jens Herdenbein in Hochform. Gut, er war müde und von des Tages Mühen auch ermattet. Doch der Inspektor empfand dieses Abgeschlafft-Sein als höchst befriedigend. Ermattet aber motiviert. Am Morgen, am Nachmittag und am Abend war er unter Zuhilfenahme von Krücken – neumodisch: Gehhilfen – je eine Stunde auf den Gängen der Klinik umhergewandert. Er hatte sich sogar zweimal an Treppen versucht, diesen Anspruch allerdings auch schnell wieder aufgegeben. Elender Gips! Verdammtes Gipsbein! Seine beschwerlichen Übungen hatte er allein ohne Beteiligung der Physiotherapeutin beziehungsweise einer Schwester zustande gebracht. Eine Leistung, die ihn besonders stolz machte. Diese Rundum-Zufriedenheit stimmte ihn auch milde gegenüber den verabreichten Mahlzeiten. Kriminaloberrat Wölger – der väterliche Freund, wenn man das bei seinem Alter noch sagen konnte – hatte ihn besucht und sie waren in ihren Gesprächen in die Vergangenheit hinabgetaucht. Das war ein sehr schöner Ausflug gewesen! Margit hatte bei ihrem Besuch den sehr butterigen Butterkuchen, den er so liebte, nicht vergessen. Beinahe eine Stunde hatten sie über seine Zukunft gesprochen, respektive über die noch reichlich vagen Vorstellungen, die sich bei ihm damit verbanden. Er konnte sich glücklich schätzen, eine derart innige und verständnisvolle Freundin an seiner Seite zu wissen. Und dann natürlich Nadja. Sollte er denken, seine Nadja? Sie war für zwei Tage nach Braunschweig gefahren, um geschäftliche Dinge zu regeln und würde am Mittwochmittag wieder hier sein. Er freute sich auf sie. Die bevorstehenden abendlichen Telefongespräche konnten kein Ersatz für die täglichen Plaudereien oder für die hoffnungsvollen Zukunftsplanungen sein. Ihre Worte, ihr Lachen und ihre Vorstellungen bedeuteten ihm sehr viel. Manchmal ertappte er sich dabei, sie als eine Art Jungbrunnen für sich zu entdecken. Dann musste er auflachen und schalt sich selbst einen alten Narren und Romantiker. Er hatte eine Scheidung hinter sich; gute Jahre, nein, sehr gute Jahre mit Margit und war nicht abgeneigt noch einmal einen Neuanfang zu beginnen. Und warum eigentlich nicht mit Nadja Schlemm?

8.
Ende und Anfang

12. Tag, Dientag, 12. Juli 2005

Maren und Jochen waren bereits um sechs Uhr aufgestanden. Nervös waren sie beide, und Twiete wäre auch am liebsten auf der Stelle nach Kiel gefahren. Maren bestand jedoch darauf, dass ein kräftiges und umfangreiches Frühstück die beste Grundlage für eine erfolgreiche Überführung dieses Gewalttäters sei. Und so geschah es!

Um acht Uhr fand die gestern anberaumte kurze Besprechung im Dienstzimmer von Sprenz statt. Der begrüßte in ihrer Mitte jetzt auch die Herren Astheimer und Korn. Da jeder die ihm zugewiesenen Aufgaben kannte, fiel der Vortrag des Ersten sehr knapp aus.

Um acht Uhr fünfzig begann der Sicherungsangriff. Die drei Kommissare fuhren in einem Wagen als Erste los. Ihnen folgten die LKA-Männer und der Oberstaatsanwalt in ihren Autos. Die Spurensicherung unter Ortwin Könnecke bildete den Abschluss mit zwei Kombifahrzeugen und zehn Mitarbeitern. PHK Berger war mit insgesamt fünfzehn Polizeibeamten schon fünf Minuten vorher losgefahren. Um Punkt neun Uhr war das Grundstück von Arne Muthesius umstellt. Die Kommissare, der Oberstaatsanwalt, Ole Berger mit zwei Polizeiobermeistern, sowie sechs Polizeimeistern und der ganze Pulk der Spurensicherung standen drei Minuten nach neun vor der Haustür des Tycoons und klingelten. Ein melodisches Ding-Dong-Dang erklang.

Die weiße, schwere Haustür öffnete sich weit und der Tycoon von Kiel starrte hinaus. Er sah sich einer geballten Polizeimacht gegenüber und brachte kein Wort heraus.

„Hallöchen!", rief Twiete fröhlich aus und grinste.

Immer noch keine Reaktion vom Hausherrn.

Polizeihauptkommissar Berger trat vor und hielt Herrn Muthesius den Durchsuchungsbeschluss unter die Nase.

„Dies ist ein Durchsuchungsbeschluss, Herr Muthesius, der uns berechtigt, Ihr Haus vom Keller bis zum Dach unter die Lupe zu nehmen."

„Wir krempeln das Unterste nach oben", meinte Jochen recht frech. PDV 100 hin, PDV 100 her.

„Beginnen wir", forderte Sprenz auf und schob sich an Berger und Muthesius vorbei in den Flur.

Noch immer war der Tycoon vollkommen baff.

Oberstaatsanwalt Hauen, die Kommissare, die gesamte Spurensicherung, sechs Polizeibeamte und die Herren vom LKA folgten dem Ersten. Zwei Polizisten blieben vor der Eingangstür stehen und schlossen diese.

Durch die Diele wälzte sich ein Kolonne von Beamten und blieb dann vorerst im sich anschließenden langen Flur stehen.

„Wenn Sie kooperativ sind, Herr Muthesius, und das wäre ganz in Ihrem Interesse", gab Jakob Sprenz zu verstehen, „informieren Sie uns kurz über die Gegebenheiten Ihres Hauses, damit wir nicht lange herumirren müssen."

„Was mir aber persönlich großen Spaß machen würde. So richtig stöbern und überall!", der junge Kommissar konnte sich einfach nicht zurückhalten.

Der Tycoon war immer noch sichtlich verdattert. Sein ihm eigenes herrisches Gebaren, dem er sonst zu gerne Ausdruck verlieh, kochte entweder morgens noch auf Sparflamme oder der Anblick der Polizeiorgane bewirkte bei ihm einen Mäuscheneffekt.

„Warum, warum, ich versteh das alles nicht?"

„Wir verdächtigen Sie des Mordversuches an Kriminalhauptkommissar a. D. Herdenbein am 30. Juni 2005", erläuterte Maren.

„Ich, ich ..."

„Das reicht, Herr Muthesius, wenn Sie einen Anwalt hinzuziehen möchten, bitte schön, das Recht haben Sie", meinte Sprenz, „jetzt möchten wir von Ihnen kurz über die Räumlichkeiten aufgeklärt werden."

Muthesius gab sich einen Ruck, überblickte die geballte Polizeimacht und gab eine höchst anschauliche Erklärung ab.

„Unten sind Garage und Keller, hier wohne ich, ein Dachgeschoss gibt es nicht. Dann sucht mal schön."

Berger und Könnecke teilten ihre Leute ein. Korn und Astheimer suchten auf der Stelle die tieferen Regionen auf. Von den Kommissaren und Hauen abgesehen, suchten insgesamt sechzehn Beamte die Wohnräume des Tycoons nach Verwertbarem ab. Neben dem riesengroßen Wohnzimmer mit einem beeindruckenden Panoramafenster, das einen herrlichen Blick in den gepflegten Garten ermöglichte, gab es noch zwei luxuriöse Bäder, eine große Küche mit Essbereich, ein Arbeits- und ein Gästezimmer, sowie ein pompöses Schlafgemach. Sprenz, Hauen, Twiete und Ketels schauten sich im Wohnzimmer um, ohne in die Arbeit der Spurensicherung einzugreifen. Die drei gewaltigen Bücherregale mit den wertvollen Bänden zogen die Blicke magisch an. Obwohl niemand von ihnen den Wert der Bücher richtig einschätzen konnte, waren sie sich dennoch im Klaren darüber, dass die vorhandenen Werke zwar nicht vom Besitzer gelesen wurden, aber einen Schatz darstellten.

Arne Muthesius hatte nach seiner ‚ausführlichen' Erklärung in der schwarzen Sesselgruppe Platz genommen und beachtete die Beamten nicht weiter. Umständlich und provozierend steckte er sich eine Cohiba an und erst als die blaugrauen Wölkchen zur Decke des riesigen Wohnzimmers hinaufstiegen, betrachtete er amüsiert die drei staunenden Kommissare und den Oberstaatsanwalt. Die beiden Herren von der Spurensicherung wurden weiterhin von ihm ignoriert.

Es verging eine Viertelstunde. Hauen und die Kommissare unterhielten sich leise vor jenem Bücherregal, das sich gegenüber dem Wölkchen produzierenden Hausbesitzer befand.

Endlich erschien freudestrahlend Ortwin Könnecke mit zwei Mitarbeitern. Deren Gesichter ließen Genugtuung erkennen. Sie brachten zusammen ein funktionstüchtiges Hoovercraft mit ins Wohnzimmer und die Reste – wie sich später herausstellen sollte – von zwei auseinandergenommenen, samt den dazugehörigen Funksteuerungen, beziehungsweise deren Überbleibseln. Der gesamte Fund wurde auf dem Eichentisch vor Muthesius abgestellt. Man schaute den Tycoon gespannt an. Keine Reaktion.

„Möchten Sie vielleicht doch lieber einen Anwalt zu Rate ziehen, Herr Muthesius?", fragte Maren.

„Du kannst mich mal, mein Kind!"

„Dies sind die Reste von Luftkissenbooten und Fernsteuerungen", erklärte Jochen Twiete, „mit denen der Wagen von Inspektor Herdenbein in die Luft gesprengt wurde."

„Das sind nicht die Reste von Irgendwas, oder was ihr da behauptet. Das sind die Reste von umgebauten Hoovercrafts und nichts anderes."

„Können Sie uns diese umgebauten Hoovercrafts zeigen, Herr Muthesius?", fragte Kommissarin Ketels.

„Nee, die müsst ihr schon selber suchen. Ach Unsinn, die gibt's nicht mehr, sind im Müll gelandet, schon vor Wochen!"

„Das klingt sehr dürftig", stellte Sprenz fest, „äußerst fadenscheinig."

Muthesius war aufgestanden, paffte Rauch in Luft und war auf Oberstaatsanwalt Hauen zugegangen.

„Und Sie, haben Sie auch etwas zu sagen, zu fragen, oder stehen Sie nur so rum? Ihr seid doch alle beknackt, jeder von euch, allesamt. Jetzt erzähl' ich euch mal was über diese Reste, die für euch ja so bedeutend scheinen. Ich spiele gerne mit Bötchen. Und die Hoovercrafts habe ich mir vor einiger Zeit angeschafft, weil ich solche Boote vorher noch nicht kannte. Und diese übrig gebliebenen Teile sind das Ergebnis von Umbauten. Versteht ihr nicht, oder? Also, NiMH-Akkus sind schwerer als NiCd-Akkus. Versteht ihr immer noch nicht? NiMH-Akkus halten länger, also habe ich die schwächeren Akkus durch die stärkeren ersetzt. Klar? Vorne sind die Akkus im Boot, das jetzt krängt. Also musste ich das Boot anders trimmen! Alles klar, ihr Pinscher? Das zu den Umbauten, den Teilen, den Resten."

Muthesius hatte sich wieder umgedreht, setzte sich und rauchte weiter.

„Das klingt auf den ersten Blick ganz plausibel", stellte Korn fest, der zusammen mit Astheimer aus den Kellerräumen zurückgekehrt war und die letzte Erklärung des Tycoons mit angehört hatte. „Aber nur so lange, bis wir diese Reste", er zeigte auf den Eichentisch, „mit den unsrigen aus dem Kraftfahrzeug von Herrn Herdenbein verglichen haben. Und ich denke, wir werden da eine hübsche Überraschung erleben, Herr Muthesius. Ich habe diesen Wagen Millimeter um Millimeter untersucht und ich bin mir beinahe schon absolut sicher, dass sich bestimmte Teile vollkommen ergänzen werden."

Astheimer hatte zustimmend bei den Worten seines Kollegen genickt, dann drehte er sich um und sagte leise zu den Kommissaren:

„Was den Sprengstoff angeht, waren wir in den Kellerräumen nicht sehr erfolgreich", er lächelte. „Eigentlich überhaupt nicht erfolgreich. Wir haben nichts gefunden, auch nicht eine Spur jener Ingredienzien, die man zu seiner Herstellung benötigt."

Obwohl Astheimer eigentlich nur geflüstert hatte, musste Muthesius etwas mitbekommen haben, denn er legte seine Zigarre in den Aschenbecher und klatschte in die Hände.

„Sprengstoff!", rief er dann enthusiastisch aus, „Sprengstoff werdet ihr bei mir nicht finden. Was sollte ich auch damit?"

Hauen bedeutete allen im Wohnzimmer anwesenden Kollegen, sich zur hinteren Regalwand zu begeben.

„Frau Ketels, meine Herren, was die Boote etcetera angeht, scheint mir der Muthesius doch sehr einfältig zu sein, ich weiß nicht, wie dieser Mann bisher seine Firma, sein Imperium geleitet hat? Das nur nebenbei. Sie, die Boote, hätten von uns niemals gefunden werden dürfen. Gut, wir haben sie und ich bin sicher, die Herren vom LKA werden uns bestimmt sehr schnell eine für uns frohe Botschaft zukommen lassen. Das genügt mir aber noch nicht! Boote, Fernsteuerungen und Auto sind noch nicht beweiskräftig genug, wir brauchen mehr. Wir benötigen den Sprengstoff. Der und das bisher Gefundene würden für einen Prozess, auch ohne Geständnis, ausreichen. Also mit anderen Worten, der Sprengstoff muss unbedingt gefunden werden!"

Zwar konnte Muthesius die Worte des Oberstaatsanwaltes nicht verstehen, doch er winkte fröhlich zu ihnen hinüber. Er hatte Oberwasser. Vorerst.

„Wir haben bisher eine doch recht oberflächliche Suche durchgeführt", meinte der Leiter der Spurensicherung und wurde dann lauter, „beginnen wir diese Villa auseinander zu nehmen. Wir finden, was wir finden wollen. Immer!"

„Lieber Kollege Könnecke", auch Astheimer wurde lauter, „wir sollten nicht nur die Räume auseinander nehmen, wir sollten vor allem nach doppelten Wänden suchen. Und zwar nicht hier oben, sondern in den unteren Räumen."

„Doppelte Wände!", rief Muthesius aus, „dann sucht mal doppelte Wände, das wird aber eine mühselige Suche. Und ich sag euch noch eins, ihr kommt mir für den Schaden, den ihr jetzt anrichtet, auf. Auf Heller und Pfennig! Wenn ihr dieses Haus wieder verlasst, dann mache ich euch alle fertig, darauf könnt ihr euch verlassen. Fertig mache ich euch!"

Muthesius war aufgesprungen und fuchtelte mit seiner Cohiba in der Luft herum. Wieso verließ ihn gerade jetzt seine Gelassenheit? Warum die Drohungen? Er begann im Wohnzimmer unruhig auf und ab zu gehen. Die Asche fiel auf den Boden, er bemerkte es nicht. Er horchte, genauso wie Maren, Jochen, Sprenz und Hauen. Alle anderen waren in die unteren Gefilde entschwunden. Gespannte Ruhe. Dann ... aus dem Untergeschoss waren plötzlich laute, wenn auch gedämpfte Geräusche zu vernehmen: Fluchende Männerstimmen, mehrmals ein kreischendes, metallisches Scharren, dann Stille. Eine etwas längere Pause, erwartungsvolles Ausharren, dann erschien Könnecke. Er flüsterte Sprenz etwas ins Ohr, der nun seinerseits die beiden Kollegen und Hauen aufforderte, mitzukommen. Vor der Tür wurden drei Polizeibeamte aufgefordert, ins Wohnzimmer zu gehen und ein Auge auf den Tycoon zu werfen.

Zehn Minuten später kehrten Sprenz, Twiete, Ketels und Hauen mit einem triumphierenden Augenglitzern zurück.

Arne Muthesius war vor dem Panoramafenster stehen geblieben und schaute die vier Zurückkehrenden mit grimmigem Blick an. Die Kommissare und der Oberstaatsanwalt bauten sich im Halbkreis vor dem Hausherrn auf, drei Polizisten standen in einiger Entfernung hinter ihnen.

„Stellen Sie sich vor, Herr Muthesius, wir haben doch tatsächlich im hintersten Kellerraum vier Metallschränke gefunden, von denen zwei verrückt werden konnten", begann der Erste.

„Und dahinter fanden wir eine unverschlossene Stahltür sowie einen zwei mal sechs Meter großen Raum", setzte Maren den Bericht ihres Vorgesetzten fort. „Und an der hinteren Wand stehen viele Regale mit Kisten, Kästchen und kleinen Metallcontainern."

Muthesius sagte nichts, stierte jedoch von einem zum anderen.

„Ich möchte meinen, Herr Muthesius", fuhrt Sprenz fort, „Sie haben die Eigenschaften eines Eichhörnchens. Der ganze hintere Raum ähnelt einem Kobel, in dem Sie viele interessante Dinge angesammelt haben."

Die beiden Männer vom LKA hatten nun auch wieder den Keller verlassen und waren auf der Bildfläche erschienen.

„Zum Beispiel eine auseinander genommene Fernbedienung", Twiete ging ins Detail, „oder einen Schuhkarton mit, sagen wir einmal, ungefähr 200.000 Euro, wahrscheinlich handelt es sich dabei um Schwarzgeld. Oder? In einem weiteren Karton fanden wir eine umfangreiche Korrespondenz, die es wahrscheinlich in sich hat. Das konnten wir in der Eile natürlich noch nicht feststellen."

„Und in einem Gott sei Dank unverschlossenen Stahlschrank", Astheimer ließ Sarkasmus anklingen, „Zutaten für einen besonderen Kuchen, nämlich einen Kanister mit Dieselöl, zwei Haushaltspackungen von raffiniertem Zucker und Nitrat in größeren Mengen."

„Lieber Kollege Astheimer, Sie haben etwas Wichtiges vergessen", ergänzte Korn, „wir haben den, so schätze ich wenigstens, Prototyp des Zünders gefunden, dessen Reste wir unter großen Mühen aus dem Fahrzeug des verehrten Kriminalhauptkommissars Jens Herdenbein herauskratzen mussten."

Das nun Folgende erwies sich als extremere Verhaltens-Variante des Tycoon vom gestrigen Tag und geschah derart blitzmäßig, dass sich die Beteiligten, wohl mehr die Betroffenen, erst später über den genauen Hergang im Klaren wurden.

Zu Beginn hatte Muthesius mit wachsender Erregung den Ausführungen von Sprenz, Ketels, Twiete, Astheimer und Korn gelauscht. Dann hatte sich, wie es schien, kalte Wut in ihm breit gemacht, die sich dahingehend äußerte, dass seine Erregung abflaute, er vollkommen ruhig wurde, um schließlich auszuflippen.

Der Tycoon preschte plötzlich vorwärts in Richtung Wohnzimmertür. Dabei stieß er Maren beiseite, die, den Ausbruch nicht ahnend, stur stehen geblieben war und durch den Aufprall zu Boden stürzte. Twiete, der seitlich hinter seiner Verlobten stand, wurde nun von Muthesius ein zweites Mal heftig attackiert, in dem der ihn mit einem wütenden Faustschlag auf die Brust zu Boden gehen ließ. Hauen, der sich wohl instinktiv ein wenig zurückgezogen hatte, war das nächste Opfer, das auf dem Boden des Wohnzimmers landete. Muthesius rannte ihn schlichtweg um. Im Fallen versuchte sich der Oberstaatsanwalt an Sprenz festzukrallen, der zwar ins Straucheln geriet, dennoch die aufrechte Haltung beibehalten konnte. Jetzt erst setzten sich die drei PM in Bewegung, stürmten auf den argen Wüterich los und konnten ihn nach einem gemeinsamen und kurzen Handgemenge überwältigen.

Während Arne Muthesius nunmehr von den drei Beamten am Boden festgehalten wurde und nicht druckreife Sprüche und Flüche von sich gab, rappelten sich die vorher Zu-Boden-Gegangenen auf und verinnerlichten das Geschehene.

Der Oberstaatsanwalt zog aus der Innentasche seines Jacketts den Haftbefehl heraus und übergab ihn Sprenz. Der gab den Polizisten ein Zeichen, den Niedergerungenen auf die Beine zu stellen und las dann das von Richter Staumer unterzeichnete Dokument vor.

Ein letztes inneres Aufbäumen des Tycoons.

„Zum Zeitpunkt des Attentats war ich in meinem Büro!“, rief er empört aus.

„Das Alibi ist geplatzt, Herr Muthesius“, informierte Twiete den Empörten, „Ihre Sekretärin hat ihre Aussage widerrufen. Und jetzt die Hände auf den Rücken!“

Twiete legte dann mit Bedacht, Genugtuung und großer innerer Freude die Handschellen an. Klick! Klick!

13. Tag, Mittwoch, 13. Juli 2005

Nach der Festnahme von Arne Muthesius am gestrigen Morgen waren die Kommissare zusammen mit Oberstaatsanwalt Hauen in die Direktion gefahren und hatten versucht, den Tycoon zu einem Geständnis zu bewegen, was dieser mit einem höhnischen Lacher quittierte. Zudem verlangte er nunmehr, dass sein Rechtsanwalt beim nächsten Verhör zugegen sein müsse.

Da sein Anwalt erst am Nachmittag kommen konnte, was einen Tobsuchtsanfall des Tycoons zur Folge hatte, begab man sich zu viert in die kulinarische Unterwelt der Direktion. Die Spurensicherung war im Übrigen noch in der Villa geblieben, um ‚Unterstes nach Oben' zu kehren. Tatsächlich wollte sie vor Ort an diversen Funden die Fingerabdrücke von Muthesius sicherstellen.

Das nachmittägliche Verhör im Beisein des Anwalts wurde ein Flop. Muthesius weigerte sich beharrlich, sich zur Sache zu äußern und geriet zudem mit seinem Advokaten in einen derartigen Streit, dass dieser schließlich seinem Mandanten nahe legte, sich auf die Suche nach einem anderen Rechtsbeistand zu machen. Zwei Polizeibeamte nahmen sich des Tycoons an und brachten ihn in die Untersuchungshaftanstalt.

„Wow!", kommentierte Twiete später die lautstarke Auseinandersetzung und die sich anschließende Mandatsniederlegung.

„Wir haben das Auto, die Boote, die Zünder und den Sprengstoff", zählte Hauen auf. „Was wollen wir mehr? Wir haben Erfolg gehabt. Es reicht zweifellos zu einem Indizienprozess mit großer Aussicht auf Erfolg. Ich melde mich morgen zurück. Und noch eins … ", er wandte sich Jochen und Maren zu, „… ich habe mich sehr gerne eingemischt, euch vielleicht auch ein wenig genervt. Das werde ich noch bis zu meiner Pensionierung tun, mich einmischen. Herdenbein kann ich zwar nicht ersetzen, aber die entstandene Lücke doch ein wenig auffüllen! Moin!"

„Ich bin sehr zufrieden", stellte Sprenz fest. „Das war eine gute Leistung. In zwölf Tagen ein Kapitalverbrechen aufgeklärt und einen Schwerverbrecher festgenommen. Kam zwar viel Hilfe von außerhalb, aber so ist das Leben!"

Da Twiete an zwei hintereinanderliegenden Tagen mehr oder minder zusammengeschlagen worden war, schickte ihn Sprenz – unter der Obhut Marens – mit der Aufforderung nach Hause, sich ordentlich zu erholen.

Ganz ehrlich: Kommt es Ihnen nicht auch so vor, als hätten wir noch etwas vergessen?

Da wird über die Befindlichkeiten von Jochen Twiete geredet, der – und das gehört doch wohl auch zu seinem Job! – in eine kleine

Schlägerei gerät. ‚So ist das Leben!', meinte doch gerade eben sein Chef. Dann hören wir, dass der Tycoon wütend ist, grimmig wird, mit den Armen fuchtelt und auch ausrastet. Alles richtig, und dennoch. Sie wissen es, wen wir da ein wenig aus den Augen verloren haben. Nicht wahr? Unseren lieben, noch einmal davongekommenen Inspektor!

Wenden wir uns als Letztes ihm zu.

*

Am Nachmittag dieses Tages gab es im Krankenhaus des Kreises Plön Champagner. Gut, keinen Dom Pérignon, den konnte sich der Tycoon gönnen, jetzt allerdings auch nicht mehr. Nein, Sprenz war bei einem Discounter gewesen und hatte dort eine Flasche gekauft, um wie immer nach einem Erfolg, gebührend anzustoßen. Und er hatte Maren und Jochen mitgeteilt, dass er jenen Akt dieses Mal nicht in seinem Büro mit ihnen allein durchzuführen gedachte, sondern zusammen mit Herdenbein in Preetz. Und da solle ihm im Krankenhaus ja niemand kommen, der das verbieten wolle. Nun, dem würde er gehörig einheizen.

So saß das alte Kommissariat wieder einmal vollständig zusammen, wenn auch in einer vollkommen anderen Umgebung. Abwechselnd berichteten die drei Kommissare von den Ereignissen des Tages. Dann ließ Sprenz den Korken knallen und schenkte das köstliche Gesöff in die dafür mitgebrachten Flöten. Eine aufgeschreckte Schwester kam ins Zimmer hereingerauscht und verschwand mit einem nachsichtigen Lächeln.

„Prost, lieber Jens, auf deine Gesundheit!"

„Auf euren Erfolg, ihr drei!"

Sie tranken.

Twiete, der Gourmand, stellte fest, dass Champagner eigentlich so ähnlich wie seine Brause schmecke.

„Na, dann noch einmal Prost, Jooochen", konnte sich Herdenbein nicht verkneifen zu bemerken und schaute ihn etwas indigniert an.

„Wie lange musst du hier noch ausharren, Chef?", fragte der Angesprochene.

„Eine Nacht!"

„Eine Nacht!", erschallte es dreistimmig und voller Zweifel.

„Ich werde morgen, da ist nur noch eine kleine, letzte Untersuchung, auf eigenen Wunsch entlassen. Nadja, also Frau Schlemm, hat in Kiel einen Rollstuhl gekauft und wird mich um elf Uhr abholen."

Das war eine Sensation für die Besucher und das Fragen wollte kein Ende nehmen. Wo wirst du wohnen, wer pflegt dich, wer wird für dich da sein, und so weiter. Die Antwort fiel immer gleich aus: Nadja Schlemm. Die letzten Einzelheiten waren heute Mittag besprochen worden. Zwischen ihm, den Ärzten und Nadja. Und man würde sehen. Nach anderthalb Stunden verließen die Kommissare – Schwester Monika hatte ein Machtwort gesprochen – den noch immer schwer humpelnden, dennoch wild entschlossenen Kriminalhauptkommissar a. D. und versprachen, morgen früh bei seiner Entlassung vollzählig anwesend zu sein.

Jens Herdenbein legte sich erschöpft zurück in sein Bett und pfiff vergnügt „Libiamo ne' lieti calici“ aus dem 1. Akt von La Traviata.

14. Tag, Donnerstag, 14. Juli 2005

Für alle Menschen in Schleswig-Holstein ging an diesem Tag die Sonne um 4.22 Uhr auf.

Ein neuer Tag begann.

Für viele Menschen in Schleswig-Holstein würde dieser Tag auch ein besonderer werden.

Für Herdenbein jedoch eine Art Auferstehung und zusätzlich ein Neubeginn!

Kurz nach elf Uhr wurde Jens Herdenbein im nagelneuen Rollstuhl von Nadja Schlemm aus der Klinik hinausgeschoben. Die Ärzte Rechtenberg, Schlinger und Baumann begleiteten ihren Patienten zur Gasse der Begrüßenden, die sich vor dem Krankenhaus gebildet hatte. Aus Kiel waren Sprenz, Ketels und Twiete anwesend. Jetzt auch Thomas Sammler, der Pathologe und Freund des Inspektors, der am Abend vorher aus dem Urlaub zurückgekehrt war und sofort vom Ersten über die zurückliegenden Ereignisse informiert worden war. Wie üblich hatte dieser Bär von einem Mann auch heute Morgen seine Pfeife im Mund und verbreitete mit dem Knaster, den er rauchte, interessante Wohlgerüche, die in jedem Fall Mücken und andere Plagegeister vertrieben. Oberstaatsanwalt Heiko Hauen war selbstverständlich auch anwesend, genauso wie die beiden Herren Astheimer und Korn vom LKA, die den viel umschwärmten Kommissar a. D. endlich kennen lernen wollten. Und aus der Kreisstadt Plön waren der Dienststellenleiter Henner Jürgens samt Dreierbande angerückt.

Es war in höchstem Maße erstaunlich, wie schnell sich die Entlassung von Jens Herdenbein herumgesprochen hatte, denn auch die

Journalistinnen Fuchs und Tholsen waren nach Preetz gekommen sowie Herr Latusseck von den Kieler Nachrichten. Giovanni Mercadante und Ehefrau Maddalèna vom ‚Verdi' hatten es sich nicht nehmen lassen, ihren langjährigen Gast und Freund auf dem Weg zur völligen Genesung begrüßen zu dürfen. Margit und Hilke aus Grebin waren selbstverständlich auch erschienen und hatten Imke und Knut Helms vom Schluensee-Hotel mitgebracht. Margit hatte die ‚Linde' für den heutigen Mittag geschlossen.

Der Kriminalhauptkommissar a. D. machte auf alle einen guten Eindruck. Die angebrochene Nase war gerichtet worden und sah schon wieder, von der Farbgebung einmal abgesehen, ganz manierlich aus. Von den leichten Verbrennungen, die er erlitten hatte, waren nur noch unmaßgebliche Rötungen übrig geblieben, die Schnittwunden und Hautabschürfungen waren mehr oder minder verheilt. Beim Lächeln wurde allerdings der abgebrochene Schneidezahn sichtbar und sorgte bei jenen, die Herdenbein bisher noch nicht gesehen hatten für eine leichte Irritation. Sein rechtes Bein war logischerweise immer noch eingegipst. Doch er schien keine Schmerzen zu haben.

Nadja Schlemm schob ihren Herdenbein langsam durch die Gasse der sich mit ihr freuenden Menschen, die ihm kleine Blumensträuße und Bordeaux-Flaschen in den Schoß legten.

Herdenbein war überwältigt von diesem Empfang, rang mit seiner Fassung und musste sich die eine oder andere Träne von den Wangen wischen. Er flüsterte Nadja etwas zu. Am Ende der Menschengasse angekommen, wendete sie daher den Rollstuhl, man hatte sich in der Zwischenzeit im Halbkreis aufgestellt, und Jens Herdenbein konnte eine kleine Dankesrede halten. Daran schlossen sich mehrere kurze Smalltalks an. Sprenz stellte ihm die Herren Astheimer und Korn vom Landeskriminalamt vor und Jochen und Maren machten ihn mit Johanna Fuchs bekannt, seiner Lebensretterin und der zugleich wichtigsten Informantin hinsichtlich des Täterfahrzeugs. Herdenbein ließ sich von ihr das Versprechen geben, ihn in den nächsten Tagen am Schluensee zu besuchen. Durch sie hoffte er zu erfahren, was in den letzten Sekunden vor der Bombenexplosion geschehen war.

Dann beugte sich Margit zu ihm herunter, streichelte sein ‚wallendes' Haupthaar und tüscherte ihn.

„Du und Nadja, ihr versteht euch gut, komm' uns besuchen. Und lass' nicht lange auf dich warten", flüsterte Herdenbein.

Dann wurde er unter Beifall gemeinsam zum roten Volvo Nadja

Schlemms geschoben und mit vereinten Kräften in das Fahrzeug bugsiert.

„Ich werde mich am Schluensee um dich kümmern", versprach Thomas Sammler.

„Wieso", frozzelte Jens Herdenbein, „ich lebe doch noch und wenn mich nicht alles täuscht, bist du doch nur für Leichen zuständig, oder?"

„Und wenn du nicht so behindert wärest, würde ich mich jetzt mit dir kloppen. Übrigens, liebe Grüße von Karin, wenn du wieder okay bist, sollst du zum Essen kommen. Heringe mit Krususkartoffeln."

Herdenbein bedankte sich und sagte zu. Thomas beugte sich zu ihm hinunter und flüsterte:

„Diese Frau, diese wunderbare schöne Frau, ist das nicht …?"

„Das ist diese wunderbare Frau, deren überwältigende Schönheit du vor über zehn Jahren schon einmal in deinem Büro bewundert hast. Komm' morgen vorbei, dann erkläre ich dir alles."

Justament als Nadja Schlemm wegfahren wollte, bremste genau vor ihr ein schon in die Jahre gekommener Mercedes und Admiral Brommy stieg aus.

„Ich habe erfahren, Inspektor, dass Sie entlassen sind und wollte nur alles Gute wünschen."

„Mein lieber Admiral, wie ich erfahren habe, stammt ein guter Tipp, der zur Ergreifung des Tycoons führte, von Ihnen. Vielen Dank."

„Oh, nichts zu danken. Und, Inspektor, wenn Sie was ‚Elektronisches' brauchen, ich hätte …"

Herdenbein lachte und drohte freundlich mit dem Zeigefinger.

Nadja kurvte um Brommys Wagen herum und fuhr davon. Als Herdenbein sich umdrehte, sah er einen winkenden Pulk von Menschen, nein, von Freunden.

*

Für eine erfolgreiche Geschäftsfrau, die genau wusste, wie man mit Problemen fertig wird, stellte der ‚Transport' von Jens Herdenbein im Rollstuhl keine unlösbare Aufgabe dar. Nachdem sie das Tor zum Grundstück geöffnet hatte, fuhr sie ihren Wagen bis zur Weggabelung, wendete und ließ sich dann langsam rückwärts rollen, bis sie in Höhe des Hauses angekommen war.

„Warte einen Augenblick, mein Lieber, ich habe einen Willkommensgruß für dich vorbereitet. Ich helfe dir sofort aus dem Wagen heraus."

Nadja Schlemm schloss das Haus auf, beendete dort ihre Vorbereitungen und kehrte zum Wagen zurück. Sie holte den Rollstuhl aus dem Kofferraum heraus, klappte ihn auseinander, ließ die Arretierungen einschnappen, um ihn dann zum Beifahrersitz zu schieben. Es war schon ein reichlich mühseliges Unterfangen, den ‚vergipsten' Inspektor aus dem Auto zu bugsieren und ihn im Rollstuhl zu platzieren. Nadja schob ihn zum Holztisch auf der Terrasse und half ihm dann, im weichgepolsterten Sessel Platz zu nehmen.

Eine Flasche Champagner stand auf dem Tisch, daneben zwei wunderschöne, ziselierte Sektkelche. Nadja Schlemm entfernte den Korken mit einem sanften Plopp und schenkte ein.

„Ein paar Worte vorweg, Jens. Nichts Neues! Alles ist schon im Krankenhaus besprochen worden und dennoch möchte ich es noch einmal wiederholen."

„Wollen wir nicht zuerst anstoßen?"

„Ist mir auch Recht, auf dein Wohl."

„Auf dein Wohl!"

„Du hast dir gewünscht, deine Rekonvaleszenz-Zeit am Schluensee zu verbringen. Ich habe dir versprochen, dazu beizutragen, dass es dir wieder gut geht, dass du wieder vollkommen gesund wirst. Ich habe dir auch gesagt, Jens, dass ich dich liebe, und dass es mir fern liegt, dich mit diesem Geständnis unter Druck zu setzen.

„Du setzt mich nicht unter Druck. Prost! Wir haben in der Klinik besprochen, wie wir vorgehen wollen, auf jeden Fall ganz sutje. Geben wir uns Zeit. Und nun komm' her!"

Nadja, die während des Gesprächs gestanden hatte, beugte sich herunter und Herdenbein küsste sie.

Lange!

Nadja hatte sich hingesetzt und erhob ein zweites Mal das Glas.

„Auf dein zweites Leben, lieber Jens."

„Auf unsere Zukunft."

„Warum guckst du mich so spitzbübisch an, Jens Herdenbein?"

„Naja, du hast hier schon einmal mit einem Behinderten gelebt und das endete, wenn du dich erinnern magst, in einer ziemlichen Katastrophe."

„Erstens, bist du nicht mehr lange behindert, und zum anderen, hast du mir bereits eine zweite Existenz geschenkt und dafür werde ich dir immer dankbar sein."

„Du meinst, dass sich Geschichte nicht wiederholt?"

„Die wiederholt sich nicht. Und in Bezug auf uns sowieso nicht. Und jetzt muss ich ins Haus und eine Kleinigkeit vorbereiten."

„Verrätst du mir, ob das vielleicht eine kleine Leckerei ist, die du da vorbereitest?"

Einen Augenblick zögerte Nadja, dann drehte sie sich um.

„Wie ich weiß, kochst du besser als ich. Aber heute musst du meine Kochkünste genießen. Es gibt Shrimps in Cognac-Sahne-Sauce, dazu frisches Weißbrot und einen kühlen Chablis."

Schon verschwand sie im Inneren des hübschen Hauses.

‚Ein wirklich bemerkenswerter Anfang', dachte Jens Herdenbein und schaute versonnen auf das blaugrüne Wasser des Schluensees.

Anhang:

Nachbemerkung

Die Aussagen des Tycoons im zweiten Kapitel über Anleitungen zu Sprengstoff und Bombenbau im Internet entsprangen nicht der Fantasie des Autors, sondern entsprechen der Realität.

Für ihre Unterstützung bedanke ich mich ganz herzlich bei Brigitte Caspari, Rolf Latusseck (lat), Petra Scheil und Ingrid Straumer.

Dieser Roman ist das Ende eines siebenteiligen Zyklus' und stellt die Verbindung zum ersten her.

Aus dem unveröffentlichten Kochbuch des Jens Herdenbein

(Alle Rezepte sind für vier Personen ausgelegt)

Vorspeisen:

Kartoffel-Sellerie-Püree mit Kaviar unter dem Sahnehäubchen

Zutaten: 400 g Kartoffeln
200 g Sellerie
250 ml Milch
50 g Kaviar SEVRUGA oder OSIETRA
(wenn es nicht so heftig sein soll, versuchen Sie es mit Kaviarersatz)
125 g süße Sahne

Kartoffeln und kleingeschnittenen Sellerie garen
Sahne steif schlagen
Kartoffeln, Sellerie und Milch pürieren
Püree in Form eines Nestes portionieren
Sahne ins Nest geben und Kaviar darüber drapieren

Shrimps in Cognac-Sahne-Sauce

Zutaten: 200 g Spaghetti
16 küchenfertige Shrimps bzw. Crevetten, gr. Garnelen
200 g süße Sahne
20 ml Cognac
Butter
Salz und Pfeffer
Grana Padano oder Parmigiano Reggiano

Spaghetti in reichlich Wasser al dente kochen
Küchenfertige Shrimps salzen, pfeffern und in Butter anbraten
Sahne dazugeben und kurz aufkochen lassen
Cognac dazugeben, umrühren und kurz köcheln lassen
Abschmecken und gegebenenfalls nachwürzen
Portionieren und auf die Spaghetti geben
Mit Grana Padano oder Parmigiano Reggiano bestreuen

Hauptspeisen:

Grüne Bohnen mit Speck

Zutaten: 1 kg Grüne Bohnen
800 g durchwachsenen Speck (o. ä.)
800 g Kartoffeln

Kartoffeln gar kochen und pellen
Grüne Bohnen säubern und al dente kochen
Speck in kleine Würfel schneiden und auslassen
Kartoffeln und Bohnen anrichten
Speck portionieren und über die Bohnen geben

Leber süß-sauer

Zutaten: 400 g Leber (Schwein, Rind oder Kalb)
400 g Champignons (klein)
8 Delikatess-Gurken (oder Senf-Gurken-Stücke)
4 Zwiebeln (mittelgroß)
Salz, Pfeffer
Essig, Zucker, Mehl

Zwiebeln klein schneiden und andünsten
Champignons säubern, vierteln, dazugeben und mitdünsten
In eine Schüssel geben

Leber (geschnetzelt) pfeffern und in Mehl wälzen
Leber scharf anbraten
In eine Schüssel geben und salzen
Klein geschnittene Gurken in der Soße von Zwiebeln, Champignons und Leber dünsten
Alles mit Wasser (evtl. Weißwein) verlängern, aufkochen, mit Essig (Teelöffel) und Zucker abschmecken, den Inhalt der Schüssel dazugeben und aufkochen.

Beilage: Tagliatelle oder Salzkartoffeln

Rotbarschfilet in Sahne-Estragon-Sauce

Zutaten: 4 mittelgroße Filets
800 g Schlagsahne
2 Zitronen
Butter
Salz, Pfeffer, Estragon

Filets von allen Gräten ‚befreien', waschen, mit Zitrone beträufeln und zehn Minuten einwirken lassen
Filets trocken tupfen, salzen, pfeffern und mit zerriebenem Estragon bestreuen
Filets insgesamt fünf Minuten von beiden Seiten in Butter anbraten
Sahne dazugeben, kurz aufkochen lassen und nochmals mit zerriebenem Estragon würzen
Fünf Minuten köcheln lassen und die Soße nochmals mit Estragon abschmecken

Beilage: Tagliatelle oder Salzkartoffeln

Dessert:

Wein und Schokolade
(Geht nicht, schmeckt nicht – gibt es nicht! – Wein als Beispiel)

klassisch
Vollmilch oder Halbbitter
Bordeaux: Château L'Hermitage Bellevue (weiß – halbtrocken)
Sauternes: Louis Eschenauer (weiß – süß)

experimentell
Kakaogehalt der Schokolade zwischen 50 % und 80 % (halb- bis edelbitter)
Je höher der Kakaoanteil der Schokolade, desto trockener kann der Rotwein sein!
Je höher der Kakaoanteil der Schokolade, desto süßer kann der Rotwein sein!

Ausprobieren!
stark gereifter Châteauneuf-du-Pape (weiß)
ältere Bordeauxweine
barriquegereifter Montepulciano (rot)
allgemein Barriqueweine

Weitere Rezepte finden Sie in:

Inspektor Herdenbein frisst sich durch – Mord im Schluensee-Hotel
Inspektor Herdenbein frisst sich durch – Leichen im Dörpskrog
Inspektor Herdenbein frisst sich durch – Grebiner Abgründe

Wenn Sie zu meinen Ermittlungen oder denen des Kommissariats Stellung nehmen möchten, können Sie mich über das Internet erreichen:

www.herdenbein.de

Wenn Sie keinen Internet-Zugang besitzen, dann schreiben Sie doch einfach an den Pandion Verlag.

Ich freue mich sehr auf Ihre Reaktion, also bis bald!